大魚讀品
BIG FISH BOOKS

让日常阅读成为砍向我们内心冰封大海的斧头。

〔韩〕金昭荣 著
林明 译

国文出版社
·北京·

序

我原来想写的是我自己的事情，哪怕是些稀松平常的琐事也好，可以借此梳理我的生活。我甚至害怕自己光说不做，不仅开了博客，还向周围人宣称我每周都会更新。我尝试着去记录一些生活的片段和感想，分享一些自己喜欢的音乐、电影、画作和书籍，即便我不知道这些文字最终会以什么样的形式呈现出来。总之，不管结果如何，写作的初心是为了我自己，是对我个人世界的一种修葺。

可是写着写着，主题总是指向孩子。倒不是说我在写作中发掘出了内心深处的潜意识，而是单纯地认为，与孩子的对话、关于孩子的思考、街上偶遇的孩子、与他人关于孩子的讨论……这些原本就是我最想记叙的事情。这让我有些不知所措——

明明自己就是一个童书编辑，也做了二十年有余的儿童阅读老师，如此近距离地与孩子们相处着，以至于少了“孩子”这个关键词，我的个人世界就无从谈起。可我为什么嘴上说着要记叙自己的生活，却一直没有想到把“孩子”作为写作的主题呢？

后来才明白，那是因为我一直觉得自己没什么资格去谈论孩子：一方面，我既没有抚养孩子的经历，也不是什么教育学家或者儿童心理学家。我总是担心，让我来对孩子的事情说长论短，会不会是一纸空谈？对育儿环境和教育现状一知半解的我，会不会只是信口开河？或许还有一个原因是，我常常听到别人对我说“就是因为你没孩子才这样”。

但另一方面，我又好像一直躲在这些话的荫蔽之下，想着反正我不是“儿童专家”，我可以与此保持距离、置身事外，因此把有关孩子的各种事情和需要探讨的问题，全部交给那些亲自抚养、教育孩子的家长。可是我明明知道，孩子不仅是别人的子女，是学校的学生，更是生活在我们世界中的、当之无愧的一分子；我明明知道，越是对于孩子一知半解的社会，就越要更多地去探讨孩子的问题……

所以我决定在我力所能及的范围内，继续讲述孩子们的故事，更何况那也是我生活的一部分。就算可能有些粗浅，但可以让更多的人加入讨论。其实，在写作的过程中，有很多人告诉了我一些“孩子们的故事”——关于他们自己小时候的，或关于子女、外甥、学生、邻家孩子、超市里遇到的孩子的。每次看到网友们的留言，我都会庆幸自己开始了写作，要不然，我要去哪里才能听到这些珍贵又动人的故事呢？既然我写作是为了自己，这样也算是如愿顺遂了。

开始写作后没多久，就暴发了新冠疫情，阅读教室也歇业了好几个月。多亏我每周坚持在博客和报刊上发表文章，那些忧虑和抑郁才得以缓解。有些故事，在写之前就让我泪如泉涌；有些故事，在写完之后还会让我笑出声来。在写作的过程中，我明白了一点：孩子的世界是永远向我们敞开着的。或许是因为我们也曾有过童年，或许是因为孩子的真诚直率，又或许是因为孩子的世界本就无时无刻不存在于我们身边、我们的身体里。毫无疑问的是，我们为孩子思索得越多，我们的世界就越辽阔。

阅读教室的孩子们对于我是作家这件事满怀好奇。有的孩子问我写一本书要花几个小时，有的孩子担心我的手会不会疼。还有个孩子说，要看我写的阅读教育书，因为长大后要教育自己的女儿。我因此笑了好一会儿，但是听到她说“我要告诉我女儿，妈妈小时候也上过阅读教室呢”，我又湿了眼角。

以前写的书，会遵照孩子们的意愿，把他们的真实名字写进书里。我有时还会担心，他们要是不喜欢书里的内容该怎么办，可是通常孩子们都很兴奋，把出现自己名字的部分读了一遍又一遍。还有的孩子在外面玩到一半，会突然跑回家里，用难以置信的表情找到书中描写自己的章节，再三确认后，才又跑出去继续玩耍。

可能正是因为这样，他们才会如此欣然允许自己的故事出现在书里。但这一次，我决定全部使用化名。毕竟有太多私密的故事，我担心他们长大后看到会不乐意。我甚至还故意隐掉了一些信息，避免对号入座。但故事本身并没有被加工，因此当事人应该能分辨出自己的故事。我也埋下了一些只有我们自己才能明白的线索，这样孩子们或许会读得更加仔细。不过是否也有可能，孩子们觉得这本书里都没提到自己的名字，于是看都不看一眼就出去玩了？但无论如何，我都想告诉孩子们：

感谢你们愿意跟我分享你们的童年。

能够认识你们，是我的荣幸。

2020 年 11 月

金昭荣

第一章 ♥ 身边的孩子

第二章 ♥ 孩子与我

第三章 ♥ 人世中的孩子

第一章 身边的孩子

只是需要一点儿时间罢了

贤贤来时穿了一双新鞋，样式跟足球鞋差不多，名字却大不同，叫“Futsal Shoes[1]”。看我没听懂，贤贤便一字一顿地告诉我，它叫“Fut-sal-Shoes”，说这可不是普通足球鞋，它的鞋底跟普通足球鞋不一样，鞋面比一般的运动鞋要扁，踢球的时候更舒服。他还说这双鞋是他和爸爸一起在网上挑的，自己虽然读三年级了，脚却比其他小朋友的小一些，所以选码数的时候犹豫了好久……上周就下单了，昨天才送到，所以今天是第一

1 室内五人制足球（Futsal）又称室内足球，是国际足联官方认可的足球比赛形式，名字取自葡萄牙语 *futebol de salão* 及西班牙语 *fútbol sala* 或 *fútbol de salón*，意为“房间足球”。——编者注（本书中所有注释除特别说明外均为译者注）

次穿，穿上后好像是跑起来更轻松了，但实际也没有想象的那么好……我好不容易才把说到兴头上的贤贤打断，说：

“是吗？那我们进教室前，先把鞋子脱下来好不好？”

贤贤像是早就在等我这句话一样，停顿了一下，才说：“这个嘛，我今天不是第一次穿吗，所以鞋带是妈妈给我系的，待会儿我自己可能系不上。”

“那老师给你系，好不好？”

“昨天练习是练习过了，但还不知道能不能系好呢。”

“好，那你一会儿自己先试试，不行的话老师再帮你，好不好？”

这才跟贤贤达成了共识，把他顺利送进了教室。

因为这个阅读教室，我对孩子们产生很多新的认识。其中之一就是他们穿鞋子比较慢。倒不是之前没发现，只是重新认识到了这一点。仔细想想，穿鞋子确实是一个复杂的操作：要先分清楚左右脚摆好，把脚掌伸进去，塞脚跟的时候还得小心别把后帮给踩塌了。大人有时尚且得先弯腰把鞋子摆好，更何况孩子们每天都在发育，经常要换鞋。可能连他们自己都没有意识到，每次穿鞋的时候，脚掌都会长大一些。

有一次把这些话说给一个朋友听，她特别感同身受，说自己小时候总是分不清左右脚，语气里又是委屈又是愠恼：

“你说，为什么左右脚要设计得这么像啊？为什么不一开始就用不同的颜色之类的，把它们区分得明显一点儿？弄得那么像，害我每次穿鞋都跟考试似的。我当时就奇怪，大人们是怎么一眼就分辨出左右脚，一下子就穿对的呢？”

“所以我妈就在鞋垫上写了‘左’‘右’两个字，但我是怎么看怎么不顺眼。”

“我当时特别讨厌鞋带松开，但有鞋带的鞋子就是比魔术贴款的好看很多。你说，为什么小时候鞋带那么容易松掉呢？”

“因为一开始就没系好啊，一开始打蝴蝶结也是比较困难的。”

说完，我俩都哈哈大笑，说连我们这样的“孩子”都长大成人了，也算是很了不起了。

正好那天我跟贤贤一起读了《时间流逝的时候》[1]，是一本绘本，里面用线条分明的图画和简短的文字，讲述了“时间流逝的时候”会发生的事情：时间流逝的时候，“孩子们长大了，铅笔变短了”；时间流逝的时候，

1 原版书名为 *As Time Passes*，作者为伊莎贝尔·米尼奥斯·马丁斯（Isabel Minhós Martins），插画作者为玛德琳娜·马杜索（Madalena Matoso）。

“面包变硬了，饼干变软了”……然后一幅孩子系鞋带的插画旁边，写着“小时候觉得困难的事情也变得容易了”。

那一刻我有点儿感动，便对贤贤说：

“所以啊，变成大人以后，系鞋带也会越来越简单的。”

结果贤贤不紧不慢地说道：

“也是。但现在我也能系好。就是大人系得快一点儿，小朋友系得慢一点儿。”

我虽然没有照镜子，但知道自己的脸肯定通红。是啊，现在也能系好。刚才贤贤就说过，自己“练习过了”。孩子们不是长大以后才学会的，他们现在也能做好，只是需要一点儿时间罢了。

小时候的我们，也常常分辨不清哪一只鞋是右脚；也曾经在穿鞋时把手指伸到鞋里提拉后帮，却把手指夹住怎么也拔不出来；我们也曾在买鞋时犹豫不决，不知该选穿脱方便的魔术贴款，还是选样式新颖的鞋带款……就在一次次的苦恼、抉择和尝试的过程中，我们长大了。当年的我们也就成了后来的我们，只是像贤贤说的那样，需要一点儿时间罢了。

孩子们在上下公交车的时候，开门关门，穿过拥挤的街道，或在电梯旁踟蹰的时候，都会有大人在旁边使着眼色催促。大概是因为他们觉得，这么简单的事情还

慢吞吞的，一定是孩子故意在磨蹭。或许也是因为在我们小的时候，没有几个大人愿意耐心等待我们。但或许只要我们给孩子们一些耐心，他们就会成长为不一样的大人。世上的一些事情，不能全留给时间去解决。在我看来，在孩子面前做一个从容自若的大人，可以让这个世界变得更加美好。在耐心等待孩子的过程中，我们也会收获一些细小的欣慰和喜悦，那不就是成长吗？——孩子和大人的共同成长。

阅读课结束以后，贤贤回忆着爸爸教他的方法，自己用心地系起了鞋带。

“把脚伸进去，拉紧这里，打个结，这样绑一下，然后转个弯儿……哎呀，松掉了！这边打个结然后转个弯儿？等一下……”

贤贤靠自己的努力把鞋带绑好了，神气十足地走出教室，可刚走到电梯旁，右脚上的鞋带就松开了。

“这次就让老师给你系吧，马上要上电梯了。”贤贤点了点头。我故意放慢节奏，缓缓地帮他把鞋带系好了。

那天贤贤一见到妈妈，就指着左脚说：

“妈妈，左脚是我自己系好的！”

在阅读教室里跟孩子们相处，我收获良多。其中之一就是看到了贤贤自己把左脚的鞋带系好后，脸上那开心的表情。

老师你怕球吗?

亚亚说要去上篮球培训班时，我有点儿吃惊。因为有一次他跟我抱怨过，说自己特别讨厌体育课上的躲避球游戏，一来害怕被球砸到，二来觉得要来回躲避，太过紧张。这件事我记得很清楚，因为我深有同感，甚至一度过于激动，还质疑过到底为什么要玩躲避球游戏。它真的能让孩子们喜欢球类运动吗？能不能产生锻炼的效果？会不会在孩子们之间种下彼此怨恨和怀疑的种子？我甚至觉得自己直到现在还害怕球撞击地面的声音，就是因为躲避球……况且篮球比躲避球更大，被击中的话会更疼吧？我一面有些担心，一面又有些怅然若失。生怕让亚亚听起来像是翻旧账，我便小心翼翼地问了一句：

“那你不怕球吗？”

没想到亚亚一脸惊讶，好像活了十二年第一次听到这种问题。他反问道：

“怕什么？球吗？老师你怕球吗？”

“也不是，现在不怕……以前怕嘛。不过老师也记得，你之前说过你很怕躲避球，不是吗？”

亚亚陷入沉思，好像在回想自己是不是真的说过这句话。他顿了一会儿说道：

“哦！躲避球啊。那是因为躲避球要拼命躲啊，跟篮球是不一样的。而且我当时玩躲避球玩得可好了。”

很巧妙地回避了自己究竟怕不怕球的问题，他继续说道：

“有一次玩躲避球，场上就剩下我一个人，我大概躲掉了二十次吧。就剩我一个人了，所以队伍里的小伙伴都在给我加油，然后对方扔球的时候好像生气了一样，但我还是把球接住了。不对，其实不是我主动要去接球，而是不想被球砸到，就试着接球，结果还真被我接到了。然后我转着球，正想着把球扔向哪儿的时候，突然从我身后飞来一只球，砸中我右脚后脚跟。我当时正准备这样转身，结果就被砸到了，所以记得很清楚。”

亚亚真的躲过了二十次吗？我无从证实，也没有必要去证实。因为对亚亚来说，那就是一段刻在脚后跟上的真实记忆。有趣的是，很多孩子都有一个关于躲避球的故事。孩子们不会说自己“一直留到最后，带领整个队伍获得了胜利”，但是常常说自己“是整个队伍里剩下的最后一个”“连续好几次避开了飞来的球”。这样的故事不管从谁的口里说出来，都带上了历险记的色彩，听起来饶有趣味。因为孩子们都把自己当作故事的主人公，说起来时一脸认真。他们的故事讲得激情澎湃，显然带着一些夸张的成分。可你不会去质疑他们，因为他们的“夸大其词”里带着一种不容忽视、不容取笑的力量。

孩子们不仅喜欢“自吹自擂”，还对自己的能力深信不疑。11 月的一天，夏夏穿着合气道的训练服来到阅读教室。我担心他着凉，说要给他冲一杯热可可，结果夏夏笑着说：“我可一点儿都不冷呢，我要喝冰的。”一脸自信满满的样子。我正要说什么，提到“秋天也快要结束了”时，夏夏立马打断我，抗议道，“现在可是冬天了呢”，看来到底是感受到寒冷了。

孩子们打不开零食袋时，会气呼呼地摇着袋子抱怨：“这也太难打开了！”可每次我提议要帮他们用剪刀剪开时，又没有一个肯接受的，都说自己能打开，非要跟包装袋较劲到底不可。看到我使出吃奶的劲儿也打不开柚子茶的玻璃瓶盖时，他们也会争先恐后地凑上来，说让自己来开，还夸耀着说道："之前我妈打不开的草莓酱的盖子，也是我打开的。"

孩子们喜欢夸耀，还有一个典型的表现，就是他们喜欢"卖弄"新学会的高级词语。例如，九岁[1]的恩恩描述自己参加奶奶生日宴的经过时，说当天真是"袖珍没味"，着实让我瞬间有些不知所措，大概她想说的是"珍馐美味"吧。之前沉迷于阿斯特丽德·林格伦的《长袜子皮皮》系列的时候，恩恩也曾说过，皮皮是"麻辣癫癫"。或许对于恩恩来说，像皮皮这样的"泼辣丫头"就是有一点儿"疯疯癫癫"的吧。

在喜欢使用高级词语这件事情上，艺艺也不例外。艺艺说自己为了买手办"殚精竭力"，说得那么自然，以至于我都没想到要去纠正她。我只是觉得这句话莫名让人印象深刻。也是，"殚精竭力"也好，"荡尽家财（零花钱）"也罢，表达的都是掏空所有的意思嘛。好在艺艺第二次展示"文采"的时候，我纠正了她。那时她正说到自己不喜欢朋友的弟弟总是去摸自家的小狗：

"且不论我弟弟了，朋友弟弟去摸更让人讨厌。"

当时我虽然犹豫了好久，要不要去纠正这种错得很微妙的表达，最后想起"殚精竭力"的逸事，还是决定

1 这里是虚岁，下同。

挑战一下：

“艺艺，这种时候应该说‘是我弟弟还好，朋友弟弟去摸就很讨厌’。就是艺艺弟弟可以摸，朋友弟弟不能摸的意思。”

没想到艺艺突然睁大眼睛惊讶地说道：

“不对呀，连我弟弟摸都很让人讨厌呢。”

“哦……那也不能用‘且不论’这个词，应该说‘别说是朋友弟弟了，连我弟弟摸都很让人讨厌’。”听完，艺艺有些勉强地说了一句“这样啊”，脸上貌似若无其事，心里却好像有些不情不愿，最后半信半疑地不了了之了。

还有些孩子说起豪言壮语来，真的是“人小志气高”。只要是对未来的设想，通常都带着某种笃定。九岁的夏夏说等自己变成世界首富，就要“买下半个地球，种种粮食，养上五只狗、七只猫”什么的；后来因为《哈利·波特》系列电影对英国产生了兴趣，便萌生了要去英国留学的想法，只不过他随之又产生了两个苦恼：

“第一个是，我到底要不要去牛津大学呢？老师你知道牛津大学吧？我还没决定是要去牛津大学还是去剑桥大学呢。还有一个问题，以后我爸爸妈妈还有哥哥来大学找我玩的时候，万一我把韩语忘了，只会说英语了怎么办？以后见到老师，可能只能说英语了。”

我只好强忍着笑（毕竟夏夏说的时候一脸认真，我要是笑出声来就太不礼貌了），安慰他说，老师会从现在开始好好学英语，提前做好准备的，而夏夏的爸爸妈妈和哥哥肯定也会这样做的。在我看来，夏夏几乎已经将自己置身于牛津（或剑桥）的校园里了。但孩子们这样自信满满的背后，充满了诚挚和乐观，所以才令人钦佩。最终，夏夏也因为这种“盲目的”自信，增添了几分真正就读于牛津（或剑桥）的可能性。因为当你连想都不敢想的时候，又怎么可能真的漂洋过海去留学呢。孩子们的“大言不惭”其实是一种宣示，宣告自己长大后会成为这样的人。

和亚亚对话过后，我也买了一个篮球。因为我想起来，我也曾是一个在躲避球游戏中留到最后的孩子，我的辉煌战绩也并不亚于其他任何人，再说我也不想再躲着球跑了。另外还有一个原因，就是想享受一下那种“不过一个球嘛，想买就买”的小奢侈。

周六傍晚买了球，提着球包在商场里穿行的时候，我觉得自己俨然已经成为一名篮球运动员了。仔细想想，这是继高中的排球之后，我第一次正儿八经拥有的一个球。原本跟丈夫约好星期天早上一起练练接抛球，但是他起得太晚，我等不及了，于是一个人拿着篮球来到小区游乐场。我在角落里试着把球砸在地上弹起来，才发现要让球弹得高，手臂必须使上更大的力气才行。球砸在地上发出“砰砰”的响声，听起来很是舒坦，可惜游乐场里没有篮球架。即便如此，我也乐在其中。

之后我告诉亚亚这件事，他便告诉我这附近要去哪里才能找到篮球架，还提醒我手要用劲儿，腿要微屈，姿势一定要正确。再怎么说，我这段时间也从孩子们身上学到了很多东西，便也摆起架子说道：

“谢谢！总之呢，我现在也跟亚亚一样，是个篮球‘运动员’了。”亚亚小心翼翼地和我划清界限：

“你成为篮球‘运动员’才三天呢。”

当天，下了课跟亚亚道别时，我突然起了玩心，向亚亚敬了个礼：“篮球前辈，以后请多多指教！”亚亚没有取笑我，也给我敬了一个礼。站在亚亚身后看着他走远，我回想起他说的那句话——“你成为篮球‘运动员’才三天呢”，不禁笑了起来。到头来，我还是败给小朋友了呢。

乖孩子

课间休息吃茶点的时候，夏夏说：

“我昨天和好朋友在小区游乐场玩，他妈妈让我们去跑腿。她给了我们5000块[1]，让我们去小区超市帮她买东西。走到一半，好朋友问我：‘你说，这个钱是谁造出来的呢？’我俩就不停地想，但怎么想也想不出来。后来我突然想到一个办法，就跟他说：‘我明天要去阅读教室，那里的老师读过很多书，她应该知道。就算她不知道，她也会找书学习然后告诉我们的。’”

是啊，长期以来，我一直很努力地想要告诉孩子们一个道理：大人们也会读书，在遇到不懂的问题时也

1 单位为韩元，大约相当于30元人民币，下同。

需要学习。原来还是有效果的啊！夏夏敢这样跟自己的朋友打包票，想来心里也是相当笃定的了。是啊，大人也会读书，读书的大人都很酷，而我就是这样的大人……一不小心，我陷入一种不合逻辑的自我表扬模式，有点儿得意忘形。

“是吗？那就让老师给你讲讲吧！”

为了让这个九岁的孩子听懂，也为了让自己看起来学识渊博，我使出浑身解数——从人类的狩猎和采集社会说起，慢慢过渡到农耕社会，接着便解释“剩余产品”和“物物交换”：

“人们继续干着农活儿，有一天突然发现，生产出来的庄稼剩下了好多，整个村的人怎么吃也吃不完。这个时候，应该怎么办呢？”

夏夏想都没想就张口说道：

“分给其他人！”

他一脸坚定，似乎觉得不可能再有别的答案了。那一刻我突然觉得自己好像一下子变成了一个黑心的大人，竟然冲着一个纯真的孩子解释经济规律，然而几分钟前，我还是个特别酷的大人呢。孩子怎么会这么善良呢？不过，我没有直接夸奖他，而是说：“对哦！这也是一个很棒的想法呢。”在孩子面前，我向来非常谨慎。

我不会轻易夸奖孩子“你很善良”“你很乖”之类

的话。一方面是因为，这个世界太过现实，要活得善良并不是件容易的事情。另一方面，也正因为如此，“善良”常常被认为是“软弱”的代名词。更重要的是，我很害怕给孩子们灌输“要做一个乖孩子”的念头。人们常说的“善良”和“乖巧”到底是什么意思呢？词典上解释说是“言行正直、温顺、心地美好”，但其实我并不确定我们在生活中是不是这么使用的。因为似乎大人们更喜欢在孩子们听话、不顶撞、不忤逆的时候，夸赞孩子们很“乖”，这也使得当我们对孩子们说“你是个乖孩子”时，带上了一种居高临下的姿态。

而孩子们似乎跟我不同，在使用这一类表述的时候并没有什么忌讳，特别是在评价好朋友的时候。这时我就一定会多问一句：“你为什么会觉得他是个‘乖孩子’或者‘很善良’呢？”他们的回答多半是“别人跟他借东西的时候，他都会借”“他不会跟别人吵架”“不想做的事情也会去做”。偶尔还有孩子会说“他很文静”。有意思的是，很少有孩子会说自己是“乖孩子”或者“很善良”，即便他们自己也很乐意借东西给别人，与其他孩子相处愉快，甚至以身作则地要求自己。这是因为他们很谦虚吗？我想，或许是因为他们知道这些词太有力量，不能轻易用在自己身上吧。更重要的是，他们很清楚，这些词要从别人的嘴里听到才更有意义。“乖孩子”“善良的孩子”这些话实际上带着一种潜在的属性，就是它们是“来自他人的评价”，而这个“他人”通常就是大人们——父母、老师、圣诞老人等。

我并不是说当“乖孩子”是一件坏事，而是觉得，我们应该去关注那些因为觉得自己必须当一个“乖孩子”，而无法拒绝大人的孩子。很多人都知道，针对儿童的犯罪通常都是从请求孩子们的帮助开始的：请孩子们帮忙寻找走丢的小狗、让孩子们帮忙搬运重物等，利用他们的善良实施诱拐和犯罪。每次听到这样的故事，我都觉得火冒三丈。在孩子自己家里都会发生这样的事情，着实令人心痛又害怕。有多少孩子为了不让父母失望、成为乖孩子用尽了全力，却还是被打得鼻青脸肿。

但是我们又不能因此让孩子放弃做一个善良的人。我不可能正对着夏夏的脸庞，告诉他：“这种时候可不能分给别人！”也不能刨根问底地追问那些乐于助人的孩子：“你是自愿帮忙的吗？真的是发自真心要帮忙的吗？真的吗？”对于孩子们的天真和善良，我充满了担忧，又不知该如何是好，直到我跟艺艺上了一堂课。

那天跟艺艺一起读完《人类百科全书》[1]，正要分享

1 本书作者为玛丽·霍夫曼（Mary Hoffman），插画作者为罗丝·阿斯奎思（Ros Asquith）。文中为韩文版译名，中文版译名为《生命之旅：认识人生的各个阶段》。

读后感。上课前，我已经让艺艺提前看完了书里的所有插图。《人类百科全书》是一本知识绘本，介绍了人类从出生到死亡身体的变化，以及这些变化所产生的影响。这本书很棒的一点是，它用图画描绘了很多不同的体型和身体状态。例如，一个残障的孩子如何利用辅助器具参加运动竞赛，等等。我让艺艺在课前一页一页地用手指点着仔细阅读。

“这本书里面的人有好多好多类型，各种长相的都有。”

“是啊，你说得没错。我们来想一想，作者为什么要画这样的画呢？换句话来说，她想通过这些画表达什么呢？她想表达的东西，就叫作主题。我们一起来找一找这本书的主题吧。”

“嗯……她想说，就算大家的身体都不一样，也不要看轻对方？”

“你说得也对。不过我们通常在劝服别人的时候，一般不说‘我们不要做什么’，而要表达‘我们要做什么’。就像你感兴趣的环保倡议一样，我们不会说‘请勿使用纸杯’，而是会说‘请自带杯子’，这样的劝导更有效，对吧？”

我一边说着，一边在黑板上写下一个填空题：“就算大家的身体各不相同，也要________。”

我心里其实期待着艺艺能够说出“互相尊重”几个

字，可等了很久，也没等到她的答案。

“艺艺，我们来想一想，‘轻视’的反义词是什么？”

“哦！我懂了！”

艺艺好像充满了自信，在黑板上写道：

“就算大家的身体各不相同，也要一起玩耍。”

那一瞬间，我第150次被这个小娃娃的可爱迷倒了，但还是保持清醒，又给了她一次机会，想让她说出“尊重”这个词。艺艺这次想了想，写道：

“就算大家的身体各不相同，也要开心相处。”

我只好第151次被她迷得神魂颠倒，在两句话的旁边分别画上了一颗爱心，然后在后面用小小的字写上“互相尊重”四个字。后来上完课收拾教室的时候，我对着黑板上的那两句话看了好久，舍不得擦掉。然后突然明白了一件事情：“分享给别人”是一种“言行的正直、温顺”，“一起玩耍”和“开心相处”是一种“心地的美好”，不就跟词典上的解释一模一样吗？所以孩子们确实又乖又善良。这种乖巧善良没有任何错，因此，我作为一个大人要做的，就是为他们营造一个可以放心变得“乖巧”而“善良”的世界，成为一个去惩治邪恶的善良的大人。就算每次都会火冒三丈、心急如焚，也绝不逃避、放弃。说来也是奇怪，就读书而言，明明是我比孩子们读得更多，可每次都是孩子们教会了我更多。

孩子们的格调

我在阅读教室为孩子们提供了一项特别的服务，一项我比孩子们更喜欢的服务，就是侍候孩子们穿脱外套。孩子们进到教室以后，我会先接过他们的书包帮他们放好，然后站在孩子们的身后，帮他们把外套脱下来。这时有几点要注意：一是不能跟孩子们靠得太近；二是除了外套的衣角，我不能触碰其他部位；三是速度不能太快，也不能太慢；四是确保孩子们不需要太费劲，好像只是轻轻动了动肩膀，外套就非常顺溜地脱了下来。最后再把外套用衣架整齐平顺地挂好。整个流程要一气呵成，毕竟不能让小客人等待太久而觉得尴尬。

上完课之后，自然还要侍候他们把外套穿回去。跟脱外套时一样，两只手一定要同步。但穿外套更难，因为要让孩子们的双手同时伸到袖管里。而孩子们平日里习惯了自己穿外套，总是将一只手一伸到底，这样要穿另一边的时候，就需要艰难地弯曲另一只胳膊肘。稍有不慎，这种侍候就会成为孩子们的麻烦。每到这时，我就会走到孩子们面前，看着他们说：

“老师这样做，是希望你们以后去高级的场所，接受这种待遇的时候，能表现得自然淡定。而且说不定以后你们也有机会像老师一样礼待他人。所以我们一起来练习一下好不好？”

这时，孩子们只需要站定身子，放松肩膀，双手微微往后张开，我就会帮他们把外套穿上。“哧溜”一下就穿好了。孩子们最后都会轻轻地抖一抖肩膀，不知道是想要整理整理衣服，还是单纯出于心情愉悦。几次下来，一开始不自在的孩子也渐渐适应起来，进入教室时都会十分自然地把背转向我。这么说虽然听起来像个老古董，但我真心相信，孩子们只有获得过礼待，才会持续获得礼待。这自然不是说，要让孩子们养成目中无人的高傲的品性，而是以我的经验来看，受到过郑重对待的孩子会努力让自己的言行变得文雅，从而让他们获得更郑重的对待。孩子们浸染在这样的氛围之下，就会认识到文雅和郑重是待人处世的基本礼貌。而如果他们懂得郑重行事，礼貌待人，并且在遭受不正常对待的

时候能够有所警觉，就再好不过了。这也是我最希望看到的。

当然，单靠这一周一次，还限定在特定季节的礼遇，就期待这样的效果，可能确实有些贪心了。说不定孩子们只是单纯觉得这种待遇有些特别罢了。但对于我来说，这是一场非常重要的仪式，它能够让我坚定善待孩子们的决心，同时也给孩子们树立一个榜样。因为孩子们喜欢模仿好的事物，我要给他们展现出自己最好的面貌。而在这个过程中，我似乎也在成为一个更好的人。

玛利亚·蒙台梭利在《孩子们的秘密》[1]中记录了一段她开设“擤鼻涕课程”的经历。蒙台梭利一开始把它当作一个“趣味课程”，目的是教会孩子们使用手帕之类的生活技能。但是孩子们从头到尾都没有嬉笑，不仅聚精会神地听完了课程，还在课程结束时，用令人惊讶的热烈掌声，向蒙台梭利表达了感谢。蒙台梭利说，自己可能是无意间触及了“孩子们在社会生活中最为脆弱的部分”，因为他们常常因为鼻子不舒服而遭受责骂，自尊心受挫，却又不知道如何正确地擤鼻涕，只好继

1 本书作者为玛利亚·蒙台梭利（Maria Montessori）。文中为韩文版译名，中文版译名为《童年的秘密》。

续忍受着煎熬。事实上，他们并不会因为自己是孩子就心甘情愿让自己流着鼻涕，呈现出脏兮兮的样子，只是“学习”对他们来说太过奢侈罢了。

这个令人可敬又心酸的故事背后隐藏着一个重要的事实，就是孩子们也在社会中生活，同样渴望维持一种生活的格调，即使在近一百年后的今天亦是如此。孩子们作为社会中的个体，也会注重面子，并且想要努力维持，不让它受损。孩子们也想在他人面前展现好的一面，会去思考当下的场合要求怎样的行为举止，会尽全力让自己不犯错。

有一次，我因受惠于夏夏的妈妈，便买了一箱草莓，让夏夏带回去以示感谢。当时夏夏问我：“最近草莓很贵吧？”语气里好像带着谢绝，但实际上没有拒绝，而是欣然带回了家。后来听他妈妈说，正好前一天夏夏说想吃草莓，但自己告诉他说草莓太贵了，没给买。结果夏夏缠着妈妈撒娇：“妈妈，水果本来就是贵的才好吃。”这么看来，夏夏虽然才九岁，但已经懂得如何在社交中对话了。十岁的贤贤每次来阅读教室，都会在上课前把手给洗干净，还不时煞有介事地说上一句“我借用一下洗手间”。也不知道这句话是从哪里学来的。我虽然好奇，但从没有追问过，毕竟我也是懂礼貌的人嘛。

九岁的闵闵每次吃饼干时，都会伸出一只手掌托住下巴，避免饼干渣掉得到处都是。我让他不必在意，但他依然坚持。可是偶尔有饼干渣掉到桌子上的时候，他会把自己手中的饼干渣也倒在桌子上，然后把它们拢到一起再放回手心。可你知道他最后是怎么做的吗？他把饼干渣都扔在了地上！事情发生得太快，动作太过果断，我根本来不及制止，就看到闵闵一副彬彬有礼的样子望着我，嘴角还挂着几粒饼干渣。我知道他是为我着想才这么做的，所以我也不忍心告诉他，把饼干渣都扔在地上就没有意义了，我只能告诉他站起来的时候别踩到就好。

看到孩子们的这些努力，我重新意识到一点，就是所谓的社会生活并不是与生俱来的本领，不能随心所欲，而是需要刻意去模仿和学习的。在这个过程中，孩子们也会犯错。例如，他们会将饼干渣扔在地上。而这时社会生活赋予我的责任，就是把地上的饼干渣打扫干净，然后在下次选不容易掉渣的饼干招待我的小客人。

一次在小城市旅游，我邂逅了一家颇有年代感的书店。我并没有期待太多，只是觉得这家书店宽敞舒适，店里对书的宣传和指引都恰到好处，随意逛一逛还不错。就是书店门口摆放着一些童书、教辅书、玩具，混在一起显得有些杂乱。后来店里来了一家子，用心地挑选着书籍，时而凑在一起，时而四散开来。一个五六岁的孩子跟爸爸一番讨价还价之后，最终捧着一本像是涂色绘本的书站到了收银台前。那个爸爸说："把书给爸爸，爸爸去买单。"可是孩子摇了摇头。于是爸爸又说："爸爸给你买，但你要给爸爸，爸爸才能买单呀。"大概是孩子担心爸爸改变主意，拿走了不给自己买吧。这时，穿着围裙、上了年纪的店主爷爷做出了一个令我印象深刻的举动。他站在收银台后，看着孩子的眼睛说：

"我单独给你结账好不好啊？"

孩子这才点了点头。店主爷爷接过孩子手中的书，跟孩子爸爸结算完后又问孩子："我给你单独包起来吧？"小客人高兴地同意了。

其实店主完全可以对孩子说："小朋友这么可爱，几岁啦？要把书给爸爸才行啊。"因为付钱的毕竟是孩子的爸爸，这时可能站在爸爸一边更好。而且说不定孩子也会被说服，因为这样的情况太常见了。其实我也不确定，店主爷爷对孩子的郑重对待究竟会影响孩子多久。但这样的经历哪怕只有一次，对孩子也是非常重要的。更何况店主的举动在我看来就很有格调。这下子，我对这家书店的印象更好了，甚至店门口杂乱的孩童物品区都变得亲切起来。

我也想成为一个既有格调，又能够守护孩子的生活格调的大人。不过，在孩子面前装腔作势往往容易露出马脚，所以我必须在日常生活中真正成为一个那样的人——习惯表达感谢，说话体贴周到，懂得遵守社会礼节。这个世界越是纷杂混乱，就越要付出不寻常的努力。这不是光有决心就能做到的。所以我也需要去观察、学习，去看看那些优秀的人是如何为人处世的。

害怕的事

我从小就很胆小，害怕的事情很多，动不动就会受惊，也不敢靠近什么暗处、高处或者水边。听到大的动静会被狠狠吓到，听到小的响动也会内心一惊，完全就是个胆小鬼。

小时候常常要经过一个桥底隧道，桥上会有有轨电车通过。每次穿过隧道的时候，我都要鼓足勇气，下定决心，做好心理建设，暗暗祈祷，刚走到尽头就已经筋疲力尽。长大后再看，发现那不过是个不足五十米的桥洞，可是对于当时的我来说，它就像一个看不到终点的洞穴，一个漆黑无光、没有出口的洞穴。电车从头顶经过时，还会发出巨大的轰隆声，因此还没走到隧道前，我就已开始祈祷，希望在我通过的时候不要有电车经过，接着咬紧牙关，全力狂奔。跑到亮处的时候，我才会突然想起，这里是有出口的，并不是什么洞穴。

我还很怕各种怪谈。每次朋友说“告诉你一个恐怖故事”的时候，我都会赶紧堵住耳朵，偶尔松开确认一下说完了没，没说完就再堵上，嘴里“啊啊啊”地叫唤，可谓用尽了各种手段逃避。可是那些可怕的故事为什么这么“阴魂不散”呢？只要是当下流行的各种怪谈，都会一字不漏地传到我们这些胆小鬼的耳朵里。什么“红口罩鬼”“香港婆婆”[1]之类的，听完后我都会好长一段时间睡不着觉。实在害怕得不行的时候，我就得半夜里叫醒姐姐，让她握着我的手睡。我倒是想每天都这样缠着姐姐，但又怕她嫌我烦，有一天会彻底拒绝我。所以，我也常常陷入苦恼：这个害怕程度，是该立刻叫醒姐姐，还是自己再忍一忍？决定去抓姐姐的手之前，我都要在被子上把手好好擦一擦，因为握得太紧，手心早已是汗津津的了。

别说是《传说的故乡》这种鬼片了，就算是犯罪侦查片《搜查班长》我也不敢看。家人要是在看电视上播放的这些节目的话，我都会用被子蒙住头。我至今不敢看恐怖电影，推理小说也是最近几年才开始涉猎的。但

1 “红口罩鬼”“香港婆婆”均为韩国都市传说。——编者注

不知不觉间，当年的胆小鬼也长成大人了。

孩子们害怕的事情很多。

小豌豆就说，在这个世界上，自己最害怕的是地震，虽然自己从来没有经历过，只在电视新闻或视频网站里见过。他说，地震最可怕的是让你“无处可逃”，还说以前以为地震只会发生在国外，所以一度决定坚决不去国外旅行。他后来才知道韩国也会发生地震，于是改变主意，觉得旅游能去还是去吧。这虽然听起来逻辑有些不太对劲，但起码结论比较乐观。小豌豆还说，在自己的强烈要求下，爸妈给他准备了一个“应急背包”。可能多亏了这个背包，小豌豆的恐惧才减轻了不少。

小橡果说，自己害怕地铁站的闸机口。推杆式的还行，问题是那种带闸门的，平常敞开着，地铁卡出现异常时就会有两块隔板弹出来。所以，他每次都特别紧张，害怕自己会因为操作失误而被卡在中间。

听到小橡果的话，我想起一个儿童电视节目曾经探讨过这个问题。节目组带着几个孩子前往地铁站，让他们体验过闸机，同时让他们观察大人的行为。孩子们都满脸紧张，相互鼓励着依次通过了闸机。一个孩子还采访了一个刚刚通过闸机的大人，满脸认真地问他：“您不害怕吗？”“您出来的时候怎么知道安不安全呢？”

我记不清那个大人是怎么回答的了，但我告诉小橡果，不需要像大人一样匆忙，刷了卡之后，先停下来确认一下，没有异常再通过就好了。

小花生刚来阅读教室上课的时候，有一段时间都是跟妈妈一块儿坐电梯上来的，但妈妈总是躲在电梯的另一侧角落里（后来才知道，是小花生告诉妈妈绝对不能让老师发现）。小花生从来没有提起过，所以我也是很久之后才知道的。后来问起小花生原因，她才有些吞吞吐吐地说，是之前没怎么坐过电梯，“不是很习惯……”

“坐电梯不习惯，感到害怕也很正常，老师以前也是这样的。”

“不是的，嗯……不是因为害怕。不是害怕，是自己一个人坐电梯有点儿那个什么……”

“一开始不习惯的话，老师到一楼等你，陪你一起坐电梯上来，好不好？”

没想到小花生一下子跳了起来，说那可不行。好在过了没多久，小花生似乎就“习惯”了，可以自己坐电梯上来了。至于转变的契机是什么，小花生和我都说不清楚。

小绿豆很害怕自己一个人待在家里。虽然把孩子独自留在家里并不是什么值得称道的事情，但是孩子都已经十二岁了，还不敢自己待着，妈妈多少是有些担心的。小绿豆在外面玩够了准备回家的时候，都会先给妈妈打个电话，确认家里有没有人在；如果没有的话，宁可在小区游乐场里等着，也不愿回到空荡荡的家里。就这样不知不觉间，小绿豆长成了中学生，却还几乎没有独自在家里待过。有一次，她说自己不久前跟朋友们去看电影，回来的时候发现身上的钱只够坐公交车或者买一个热狗，二选一。结果她和朋友们一致决定去买热狗，然后花一个小时走路回家。听完这个故事，不用问也知道小绿豆现在敢不敢自己待在家里了。

小薏米倒是理直气壮地说，自己没什么害怕的事情。但当我告诉她我小时候害怕桥底隧道和各种怪谈的时候，她叹了口气，说：

“其实我……不是有那个什么吗，小丑。为什么会有这种东西呢？谁会喜欢啊。”

对啊，小丑！我竟然忘了小丑。那种假装跟孩子们打成一片，却悄悄给他们带来恐惧的角色。迄今为止，我还没见过哪个大人或小孩喜欢小丑，我也不例外。我也不明白为什么会有这样的角色，于是顺便教给小薏米一个词，叫“恶趣味”，希望借此给她一个解释，也给她一些安慰。

不过，有一样东西是大伙儿都很害怕的，不管是小豌豆、小橡果、小花生、小绿豆，还是小薏米（自然也包括我自己）。它不像其他可怕的事情一样可以找到解决办法，正是因为人们对它束手无策才更可怕，它就是“噩梦”。噩梦的内容各不相同，相同的是所有的孩子都对它充满恐惧。在噩梦里，我们不是被怪物追赶，就是家人突然失踪，又或者要跟坏人搏斗然后逃跑……面对噩梦，我们无法提前做好准备，也无法习惯，更不用说，有人能帮助我们。

我们能够为孩子们做的，也只有帮他们整理好床褥，为他们温柔地盖好被子，给他们读睡前故事，告诉他们做个好梦罢了。即使是非常年幼的孩子，也只能靠自己的力量去战胜它。一想到这里，我就觉得孩子们既可怜又了不起。而我们也清楚，这些可怕的事情会在某种程度上让孩子们获得成长；知道孩子们会因为意识到可怕事情的存在而提高警惕，会在面对可怕事情的时候获得勇气，会在战胜可怕事情的时候脱胎换骨，成为一个全新的自己。即使是在我们长大成人以后，这样的成长依旧在持续。所以，我们该对孩子们做的，或许不是为他们扫除一切害怕的事情，而是帮助他们培养面对恐惧的力量，为他们自然而然的成长喝彩，在他们需要的时候给予他们温柔的安慰。

但是，并不是一切可怕的事情都有意义。

比如，那些单纯因为自己是孩子、青少年、成年女性，就不得不感到害怕的事情。这些事情不仅毫无意义，还会蚕食并瓦解这个世界。我们不能放任孩子和女性生活在一个安全无法得到保障的世界里；不能让“小玉米”“小青稞”“小黑豆”们生活在一个难以安心、无法信任的社会里。他们生活的这个世界，不该是一个需要受害者主动控告、女性誓死揭露才能让骇人听闻的犯罪事实大白于天下的世界，不该是一个我们无法确信犯罪者是否会得到应有惩罚的世界，不该是一个每次都需要民众上书请愿才能引起重视的世界。不能让“小玉竹”“小芸豆”们再经历同样的遭遇。

而要消除这些毫无意义的恐惧，唯一的办法，就是对于性犯罪的零容忍判决和彻底执法。所有的性犯罪者，都应该无一例外地付出相应的法律代价。我们的社会应该时刻让那些施害者明白，他们不可能侥幸逃过法律的制裁。只有这样，我们的孩子才不会变成一个受害者，也不会成长为一个施害者。我们未能解决的诸多性犯罪案件中，不少与最近的“N 号房案件”[1]存在关联。已经到了最后的关头，却迟迟未能得到解决，我不禁对

1 指通过韩国某社交平台建立起的多个秘密聊天室，将包括未成年人在内的女性作为性奴役对象，并在聊天室内共享非法拍摄的性视频和照片的案件。——编者注

此深感忧虑：我们此刻究竟是正在通过一条幽暗的隧道，还是被困在了洞穴里？或许是时候拿起手边的一切工具，去开辟一个出口了。

重要的是“去玩儿”

我有一张藏宝图，是恩恩九岁的时候给我画的。

她说，自己有一天和朋友们在社区图书馆前的游乐场里玩儿时，发现了一个很漂亮的箱子，之后便把各种形状奇特的小石头、路边角落里的野花，还有口袋里的头绳都装在里面。最后，她压低声音，说自己把它藏在了一个谁也找不到的地方。

“老师，你能帮我保密的话，我就告诉你我把它藏在哪儿了。”

“保密当然可以呀，可万一老师哪天想把它找出来怎么办呀？”

恩恩好像一开始并没有想到这一点，眼里闪过了一丝犹豫，但最后还是同意了，提起铅笔说道：

“那老师你只能看一下哦，而且只能让新郎官陪你一起去。”

“新郎官”自然指的是我丈夫。她大概是想，毕竟是探险挖宝箱呢，夫妻二人一起去还是可以的。恩恩一边画着地图一边解释说，为了不让别人注意到，她和朋友们特意绕到图书馆的后面，顺着小公园里的一条小路，左拐右拐了好几次，才找到一个藏宝箱的地方。恩恩的地图画得详细又复杂，但那个画了 × 的藏宝地点，其实就在阅读教室前面的空地旁。如果是从图书馆径直找过来的话，只需要不到两分钟的时间。不过或许对于孩子们来说，那是一段异常遥远的旅途吧。

“妈妈说只能玩三十分钟，结果我们玩了一个多小时，回到家都被骂了呢。”

我小心地接过藏宝图，放进文件夹里。转眼间几年过去了，我从来没有去找过那个宝箱，因为没有必要。对我来说，那张地图记录了恩恩和朋友们度过的一个难忘的下午，这本身就是一件珍贵的宝藏。

很多大人都在感慨“最近的孩子没有时间玩耍”“没有朋友”“只会打游戏”。惋惜的同时，他们似乎又觉得这是件无可奈何的事情。但对孩子们来说，事实并非如此。他们生活的环境虽然与大人们当年的生活环境早已大不相同，但是孩子们爱玩这一点是从未改变的。孩子们会想尽办法抽出时间，把好朋友们叫出来，折腾出什么名堂来。

浩浩就说，自己跟周围的小哥哥们组织了一场“孩子王杯”足球赛。他说自己准备在几月几日举行开幕式，还要准备开幕表演。而比赛地点定在了某个孩子家门前的空地上。一支队伍三个人，总共四支队伍，不仅要举办锦标赛，还要组织联赛。他还说，最年幼的选手是十岁的自己，最年长的已经十四岁了，所以很难分组。但他严肃地说，这些问题最终要“通过会议来解决”。

“快要比赛了，要注意健康才行，要不然拉肚子什么的就麻烦了。”

“我们都在会议上讨论过了，说谁拉肚子了，就让他赶紧去洗手间，顺便启动‘补水暂停[1]’。”

“那‘孩子王杯’都开了，没有设置奖品吗？”

“原来打算每个人出 1000 块准备来着，但是怕警察认为我们在赌博，把我们抓到警察局去，所以就算了。”

不管怎么想，我都觉得筹备大赛的过程要比实际的比赛本身更有趣。虽然最后比赛当天，有选手因为忘

1 补水暂停（Cooling Break），又称“水停”或“凉停”，是 2014 年巴西世界杯首次采用的赛中暂停机制，用来应对当时炎热的天气。——编者注

记日程没有出席，一些中学选手突然改变主意退出了比赛，闹出了不小的风波，但这些也都是浩浩他们举办“孩子王杯”的成果啊，不是吗？

孩子们之间还流行着一个“逃生游戏”，就算平常不爱出门，喜欢静静读书的妍妍也无法抗拒它的魅力。据说，这里的“逃生”指的是“从地狱逃生”或“逃离地球”的意思。我是第一次听说，但妍妍说这在孩子们中间已经流行很久了。

“学校里不是有一个运动器械，上面有云梯、滑梯和攀爬网吗，我们就在那里玩抓人游戏。负责抓人的可以下地，被抓的人不可以，下地就算输了。不过有个额外条件，就是抓人的要蒙住眼睛。”

“什么？蒙住眼睛？要是掉下来怎么办啊？”

我听到的时候被吓坏了，妍妍却非常淡定地说：

“就是要蒙住眼睛才有意思啊。掉不下来的。”

也是，游戏就是要有些刺激感才有趣。听起来负责抓人的特别吃亏。但妍妍说不会的，被抓的孩子们移动的时候也要屏住呼吸，可紧张了。我始终放不下对安全的担忧，孩子们却一副游刃有余的样子，说“嗐，没事的”。

或许大人们都很明白孩子们爱玩的天性，所以不知道从什么时候开始，只要是跟孩子们有关的节目和活动，标语里就少不了与“玩”相关的字眼。不知道的人看到这些标语，会觉得孩子们玩耍的机会实在太多了。例如，什么“与沙子玩耍”“与影子游戏”“与童话做伴”“边玩边学经济”“体验人文环境”“跟着邮票去旅游”“在自然里游乐”“在城市里嬉戏”“在书院里游学”……大概大人们都希望把最好的教给孩子们，同时还能够让他们感到快乐吧。

但是换一个角度来想，如果将童书博览会的宣传语也定为“一起畅玩”的话，就算是面向孩子的活动，也太过随便了。“人权，让我们一起玩吧”也是如此。这是一个“少年儿童人权书籍展览会”的标语。我能理解，它的初衷在于吸引更多的孩子参与，但是我怎么想也想不明白，究竟怎样才可以和“人权”一起玩？而且把“人权”当作游戏对象也并不合适啊！然而，像这样把孩子们应该认真学习和掌握的知识当作（或者说包装成）一种“游戏”的情况并不少见。其中的典型代表就是一些课程，明明是针对学生课业的辅导课，却被冠上了“游戏”的名号。

上次寒假之前，我刚好有机会看到了佑佑的作息表。他妈妈说，佑佑每天光想着怎么跑出去玩，不愿待在家里，所以硬是要求他整理出一份每日作息表来。

“我想着，好歹有个计划表贴在房间里，他就算出去玩，也多少懂得收敛一点儿吧。哎哟，谁知道呢，老师您自己看看他的计划表就知道了，特别有才。”

虽然电话里佑佑的妈妈已经提前给我打了预防针，但是真正看到的那一刻，我还是忍不住笑出声来。我原以为怎么也得每天学习两个小时吧，结果一看，计划表里精确、细致又意志坚定地写满了他一天的规划，分别是“打游戏、打棒球、去玩儿、看电视、休息、睡觉……”佑佑说，他完全是按照妈妈的要求规划的，因为妈妈让他写一份“切实能遵守的计划”。

我特别喜欢佑佑计划中“去玩儿”这几个字。与大人们“一起游玩”“玩乐”这样的表述不同，佑佑的“去玩儿”中带着强烈的个人意志，就算不知道在哪儿玩儿、玩儿什么、跟谁玩儿，至少每天“去玩儿”的决心是很坚定的。这么说起来，会不会“去玩儿”的关键就在于这种“不可预知”？不管是各种“玩乐”课程也好，还是各种“游戏”提供的环境、道具和规则也罢，想来都是有趣的；它们能够给孩子们带来新鲜的体验和知识，因此也是有意义的。但是，只有在“去玩儿”这件事情充满了未知性的时候，它才更有趣味，即便它不能带来什么收获。这一点，不管是对于大人还是孩子，过去还是现在，都是一样的。大费周章地去藏一个宝箱，组织一场难以运作的大赛；一次又一次从“地狱”

里逃出来又跑回去，能有什么收获呢？

不对，难道真的什么收获都没有吗？懂得适时地创造、改变和适应游戏规则，不也是一种学习吗？几个孩子凑在一起玩耍，可能会不小心遭受委屈，可能会获得一些掌声，可能会意外地取得胜利，也有可能遗憾落败，这些经历难道不是收获吗？从一开始不愿在一队，到组队合作后发现彼此意外合拍，关系更近了一步；从一开始因为什么事情彼此失望，到后来因为别的什么事情重新充满希望，这不也是收获吗？孩子们可能会因为什么事情而百感交集，致使负面情绪挥之不去，可到了第二天又会忘得一干二净，开心地朝着游乐场飞奔而去。在我看来，这些都是孩子们成长过程中必不可少又无可取代的养分。更重要的是，正是因为孩子们玩得忘记了时间、忘记了地点，玩到筋疲力尽，才让他们当下的时光变得如此灿烂。因此，“去玩儿”也能有很大的收获。

大家都说，即使新冠疫情结束，我们也绝不可能再回到疫情前的生活了。这让我感到既害怕又期待。我告诉自己，不管世界变成什么样子，都要以开阔的胸襟去拥抱变化。但有一件事情，我希望自己能够坚守住，就是保障孩子们尽情玩耍的权利。并不是不顾外面世界的危险而放任孩子们出门，而是要用尽全力为孩子们提供一个可以安全玩耍的环境。去年春天之后，幼儿们去不了幼儿园，学生们去不了学校，自然无法尽情地玩耍。因此，孩子们可以说是牺牲自己的玩耍时间，最配合地执行着“维持社交距离”的政策。当然，孩子们就算在屋里，还是会想方设法找到玩耍的乐趣。即使是短暂的玩耍也好，不管在哪里，只有让他们有机会在户外尽情地玩耍，才能让蜗居在家的生活不那么煎熬。大人们也应该明白，孩子们为我们的社会牺牲了什么。

路过空荡冷清的小区游乐场时，我突然想起了俊俊。之前，每到孩子们出来玩耍的时间，都能在游乐场的孩子堆里找到俊俊的身影。俊俊有时看到我，还会跑过来跟我打招呼。他的刘海儿会因为汗水紧紧地贴在额头上，整个人似乎都冒着热气。有时，他也会因为忙于踢球，只能远远地快速向我招个手。冲着他招手回礼的时候，好像连我都变得朝气蓬勃了起来。在一次课堂上，我让孩子们介绍自己最喜欢的游戏，俊俊说自己最喜欢在攀爬架上玩抓人游戏。

“要是掉下来了，或被抓到了，就要去做抓人的那个。一般五六个人玩最好。人多了太乱，人少了不好玩。”

我还是改不了操心的毛病，问道：

“要是掉下来受伤了怎么办？”

结果俊俊笑着安慰我说：

“下面有沙子，掉下来也不会痛的。”

对啊，有沙子呢。我光想着因为那些沙子，孩子们跑起来不方便，沙子还常常钻进鞋子里，肯定特别烦人。可俊俊正是因为那些沙子，不用担心掉下来摔伤自己，才可以爬上去玩刺激的攀爬架抓人游戏。我把俊俊的这句话默默记了下来，仿佛是在背诵一句格言：“下面有沙子，掉下来也不会痛的。”每次想起这句话的时候，我都忍不住思考，我们大人究竟应该为孩子承担什么样的角色呢？

阅读与书写

阅读教室的授课对象是九岁以上的孩子。之前缺乏经验的我，还接收过七岁的小学员，现在想起来还觉得对孩子和家长们有些抱歉，毕竟当时的自己心有余而力不足。

其实我并不介意孩子们把绘本摊开，在其间跳来跳去，然后在书中说到主人公终于躲开河马的追击，成功渡过江面的时候，大吼一句“万岁”；也不介意他们在书中说到鳄鱼很擅长做俯卧撑的时候，非要亲自做上几个不可，做到满脸涨红；更不介意他们来个“脑筋急转弯”，说“一百加一万等于一百万”。就算一个孩子下课后，教室狼藉得像来了十个孩子，而我像带了十五个孩子一样筋疲力尽，也没关系。问题是，每次我跟孩子们说“我们一起来看绘本好不好”的时候，他们会自然而然地爬上我的膝盖。我一方面感到很欣慰，因为孩子们不怕我，愿意跟我亲近；另一方面，我又苦于无法顺利地完成教学。还有些孩子，刚才还是精力旺盛的样子，读完书该回家的时候却突然犯困，倒头就睡着了。

之后我便设定了一个原则，就是只接收那些上过学、懂得安安静静地坐着，能够理解阅读教室的用意，知道完成课前阅读作业的孩子——也就是大概虚岁九岁，小学二年级左右的孩子（这么说起来真是敬佩小学一年级的老师们）。然而就在亚亚——那个跟鳄鱼比赛做俯卧撑的孩子——长到十岁的时候，他的妈妈突然提出了一个意外的请求，要让亚亚七岁的弟弟岚岚也来上阅读教室。

“岚岚本来不喜欢做哥哥做的事情，可能是觉得哥哥肯定做什么都比自己做得好，不愿自己被比下去。但是在上阅读教室这件事上，岚岚很坚持。我跟亚亚都告诉他，现在他还太小了，但他就是吵着要来。最后是亚亚告诉他，说‘你要先学会认字才行啊，你现在连字都不会认呢’，岚岚这才无话可说，但他还是坚持让我来拜托老师。老师您看，真的不行吗？”

岚岚从来没有来过阅读教室，为什么会突然吵着要来呢？可能是觉得哥哥看书的样子很酷吧，爸爸妈妈都很喜欢阅读……果然成长在一个爱读书的家庭环境里很重要……我一面这么说服自己，一面又觉得会不会还有一个原因，就是跟我打过几次照面，对我的印象还不错呢？这种想法一直挥之不去。岚岚平常总是躲在妈妈的身后，连话都不愿多说一句，莫非对我还是挺有好感的？想到这里，我差点儿立刻同意了亚亚妈妈的请求。好不容易我才忍住冲动，告诉亚亚妈妈，等孩子会识字了以后再商量。

后来的一天傍晚，亚亚和岚岚的妈妈问我有没有时间见上一面，说自己去旅游带了些好吃的回来想和我分享，我便高高兴兴地去赴约了。到了以后，我发现岚岚也在，手里拿着大田市一家有名的面包店——圣心堂的购物袋。岚岚依然是一副对我若即若离的样子，在我和岚岚妈妈聊天的过程中，一直低头看着自己的脚尖，过了一会儿，好像发现了一件了不起的事情，大声说道：

“妈妈！这上面写着‘金招’两个字，再有个‘荣’字的话就是老师的名字了。”

岚岚说话时向着妈妈，话却是说给我听的。我低头一看，发现圣心堂的购物袋里装着一个纸盒子，上面写着“黄金招牌菠萝包”几个字。确实，再有个“荣”字的话，就成了“金招（昭）荣”了。

“对哦！岚岚还认识‘荣’字吗？”

“认识，我还会写呢。我爸爸的名字里也有‘荣’字。”

我把手掌伸向岚岚，他便伸出一只小手，用手指在上面写了一个“荣”字。我的天哪，真的有人可以拒绝一个在自己手心里写字的七岁小娃娃吗？我还有什么理由拒绝他，不让他来阅读教室学习呢？再说了，他也按照我们之前的约定开始识字了啊。

我能想象，岚岚在“黄金招牌菠萝包”里发现“金招”两个字的时候是什么心情，因为我自己在学日语的时候也有过这样的经历：艰难地学完平假名之后，第一次在街上认出了“うどん”（乌冬）这个词，别提有多开心了。去日本旅游的时候，每看到一个店铺招牌，我都忍不住念出声来。当然，还有很多招牌上写的是汉字和片假名，我还读不全，但那依然仿佛为我开启了一个“新世界”。这么说来，识字确实是件了不起的事情。

让-保尔·萨特在自己的自传《文字》[1]一书中，详细描写了自己最初识字时的经历。听到妈妈说要给自己读书上的故事，年幼的萨特还一脸怀疑：“这里面有小

1 本书作者为让-保尔·萨特（Jean-Paul Sartre）。原版书名为 *The Words*，文中为韩文版译名，简体中文版译名为《文字生涯》。

仙子？”彻底迷上书籍之后，小萨特便觉得，在给自己讲故事的并不是妈妈，而是那些书。即便自己还不识字，他也会捧着书假装自己在阅读，甚至“一个人一行不落地跟着黑色的墨迹大声地朗读着，其实根本不知道纸上写的是什么”。原来这个法国存在主义文学的巨匠、批判并拒绝接受诺贝尔文学奖的作家、冷静而犀利的伟人，在识字之前也曾是一个平凡的孩子，喜欢在阅读的时候编讲故事。一想到这里，我就不由得嘴角上扬。萨特曾经说过，在识字之后，他便开始与人类的智慧较劲儿，借此认识了这个世界，也塑造了现在的自己。而他所说的“现在”已经是他的声望抵达巅峰的花甲之年了。

不过，就算小萨特已经开始识字了，也不意味着他可以立即沉浸在阅读的世界中，毕竟能够识字和能够理解词义是两码事。刚刚接触阅读的孩子们在朗读书的时候，总是磕磕巴巴的。亚亚能够独自阅读了以后，还是会经常卡住。例如，在朗读到“滑稽可笑”这个词的时候，他就反复确认了好几次这个词的发音。大概根据上下文，他能够猜到是“古怪”“好笑”的意思，却怎么也想不明白这里为什么会“滑”，什么是“稽”。于是他一脸不可置信的样子，念叨着：“滑？滑稽？滑鸡？”

珍珍也曾在看到“拿着火炬”这几个字的时候摸

不着头脑，把其中的“火炬”读成了“火火巨”。我想起自己小的时候，看到安徒生童话《拇指姑娘》中出现“天气萧瑟凄清”的表达时，也曾觉得难以理解，甚至在一个字一个字念出声的时候，还会想到一些“色”啊、“妻”啊、“情”啊的，有种触犯禁忌的感觉。有的孩子会把“令人起鸡皮疙瘩”念成“令人起鸡皮嗒嗒”；有的孩子会声情并茂地朗读人物对话，然后猛地发现自己连描写的文字也念得慷慨激昂的，一下子羞红了脸。

读与写是相辅相成的。每次看到开始阅读的孩子也在努力学习写字的时候，都觉得他们很棒。虽然他们有时候会不知道笔画从哪里开始，到哪里结束，会把“己”字写成“弓”字，也会在熟悉了“己”字之后，错把“乞”字也写成了“己”字，但他们最后总能写对。孩子们遇到不会写的字向我提问，我总会尽量从书里找出来教给他们，因为我想告诉他们“不懂的东西都能从书里找到”“老师也是通过看书学习到知识的”。有一次，闵闵问我“淅沥”怎么写，我正打算给他写在纸上，结果他突然抓住我的手说：

“‘淅沥’这个词书上没有吗？”

那语气好像在说，反正老师也是看书才学会这个词的，那我自己看书也能学会。我好不容易才劝住他说，这个词比较难，在小朋友的书里不容易找到。可提笔刚写完“淅沥”两个字，闵闵就又拦住我，淡淡地说了一句：

“写一遍就行了。”

也是，写一遍就行了。不会写的只有两个字而已啊，我好像太过事无巨细瞎操心了。我还暗自担心会不会因此伤了闵闵的自尊心，所幸闵闵只是说了一句“这些字都看起来好奇怪呀”，便依葫芦画瓢似的，饶有兴趣地写了起来。

孩子们一旦学会读写之后，就不会再想要爬到大人的腿上了。甚至因为习惯了默读，他们会瞬间沉浸在自己的世界里，而与大人产生疏离感。岚岚刚上二年级的时候，就豪迈地开始挑战《狮子、女巫和魔衣橱》[1]这本书了。这本书不仅页数超过二百页，还用密密麻麻的小字体排版。一开始因为出场人物的名字容易混淆，以及魔幻世界的规则太过陌生，读起来费了不少工夫。可没过多久，岚岚就告诉我，他“晚上特别特别困，可是因为好奇后面的故事，总是忍不住想多看一些”。我担心他看得太艰难而心生厌倦，便告诉他这本书被翻拍成了

1 本书作者为C.S.刘易斯（Clive Staples Lewis），插画作者为波琳·拜恩斯（Pauline Diana Baynes）。原版书名为*The Lion, the Witch and the Wardrobe*，文中为韩文版译名，中文版译名为《纳尼亚传奇：狮王、女巫和魔衣橱》。

电影，可以先把电影看完。但是岚岚谢绝了，说自己要先把书看完再看电影。几个月之后，岚岚终于把书读完了。他恭恭敬敬地将一只手放在小肚子上，另一只手扶住手背，低头鞠躬，说：

“感谢您向我推荐了这本书。”

那一刻，我意识到在孩子们的心里，我只是给他们“推荐”了这本书，是他们自己与书产生了联结，便不由得暗暗骄傲起来。就好像《狮子、女巫和魔衣橱》给了我一个世界，又给了岚岚一个世界一样。不过这么说起来，也多少有些失落，因为我们好像无法共享同一个世界了。可转眼，我又在给岚岚挑选下一本书了。选书的过程中，我把《埃米尔和侦探们》[1]拿出来又好好琢磨了一番。

“这本书有趣吗？”

“很有趣哦，老师非常喜欢这位作者，他的书都很有意思。”

也不知道为什么，岚岚把“埃里希·凯斯特纳”这个名字记在纸上带走了。过了几周，岚岚冷不丁递给我一份礼物，是埃里希·凯斯特纳的另一本书《朋克与

1 本书作者为埃里希·凯斯特纳（Erich Kästner），插画作者为瓦尔特·特里尔（Walter Trier）。原版书名为 *Emil und die Detektive*，文中为韩文版译名，中文版译名为《埃米尔擒贼记》。

安东》[1]。

“老师不是经常给我推荐书吗，我也想送老师一份礼物，就买了这本书。后来哥哥从阅读教室回来的时候，说这里已经有这本书了。但我还是想把书送给老师，我还给老师写信了呢。”

岚岚走了之后，我看到信里写着这样一句话：

“老师已经有这本书了，但同样的书，不同的是，这本书里有我的心意。”

“这本书里”珍藏着岚岚的心意，我自然也会带着对岚岚的心意去阅读它。所以看起来相同的两本书，其实并不相同。岚岚说得太对了。

疫情的终结遥遥无期，让人的心情也变得消沉阴郁起来，我想很多人也和我一样。或许也正是因为这样，我常常会因为看到人们之间的对话和往来的文字而感到惊讶。翻开这世界仅此一本的《朋克与安东》，我开始思考阅读究竟意味着什么。同样的文字，在每个读者心中被描绘出来的世界是截然不同的。这既让人觉得美妙，也让人小心慎重。不久前认识的一个朋友说，文字很厚重，每一个字都很有分量。是啊，那学会了识字、

1 本书作者为埃里希·凯斯特纳，插画作者为瓦尔特·特里尔。原版书名为 *Pünktchen und Anton*，文中为韩文版译名，中文版译名为《小不点和安东》。

阅读、把文字内化成自己的东西的我，不断通过艰深的写作来研磨自身的我，是否又真的认识到了文字的重量和珍贵呢？想到这里，我决定重新阅读一遍这本《朋克与安东》——带着最早开始阅读和书写时的初心。

本节参考书目

- 《文字》，作者让-保尔·萨特（Jean-Paul Sartre）。原版书名为 *The Words*，中文版译名为《文字生涯》（人民文学出版社，1988）。
- 《狮王、女巫和魔衣橱》，作者 C.S. 刘易斯（Clive Staples Lewis），插画作者波琳·拜恩斯（Pauline Diana Baynes）。原版书名为 *The Lion, the Witch and the Wardrobe*，中文版译名为《纳尼亚传奇：狮王、女巫和魔衣橱》（上海译文出版社，2014）。
- 《埃米尔和侦探们》，作者埃里希·凯斯特纳（Erich Kästner），插画作者瓦尔特·特里尔（Walter Trier）。原版书名为 *Emil und die Detektive*，中文版译名为《埃米尔擒贼记》（明天出版社，2013）。
- 《朋克与安东》，作者埃里希·凯斯特纳，插画作者瓦尔特·特里尔。原版书名为 *Pünktchen und Anton*，中文版译名为《小不点和安东》（明天出版社，2013）。

我小的时候呢

我曾经参与过一个少儿场馆的建设项目，主要是在策划阶段提供一些建议，同时筛选未来要陈列在这里的童书，后来也因此被邀请到开业活动现场。当时是 1 月中旬，外面很冷，活动现场却很温暖，大人和孩子们三三两两聚在一起聊天、看书。就在我四处闲逛时，一个孩子引起了我的注意。他坐在一个安静的角落里，非常放松地坐在椅子上专注地看着书。我正想着，他手里的书对他这样年纪的孩子来说，是不是太厚重了。仔细一看才发现，那也是我推荐的书籍之一。一来出于欣慰；二来被这活动现场的和谐气氛所感染，于是我轻轻地跟他打了个招呼：

“你好啊。这本书好不好看啊？”

“嗯，好看。”

“方便问一下你的年龄吗？”

“八岁。”

可刚说完，孩子又急急忙忙地纠正道：

“不对，九岁。我九岁了！刚刚过完九岁生日。”孩子的表情看起来有些懊恼，大概是因为还没适应新的年纪，在突然被问起时，一不小心说出了“很久以前”的年纪。我告诉他，我也很喜欢这本书，但一般都是年纪再大一些的孩子爱读的。看到他也在读这本书，我觉得很高兴。简单交谈之后，我便离开了。九岁，正是对年岁的增长非常敏感的年纪，希望我的突然提问不会给他带来烦恼。

孩子们也常常把“我很久以前……”这样的话挂在嘴边，一开始我都不知道该如何应对。当然，每个人都有“很久以前”的经历，但是“我小的时候呢”这种话从一个九岁、十岁的孩子口中说出来，多少会让人有些哭笑不得。

“我很久以前特别喜欢变形警车珀利。（那现在呢？）哎呀，那都是小时候的事情了。”（出自一个九岁的蜘蛛侠小粉丝。）

“我小时候也不会折那些复杂的折纸，后来经常折，才越来越熟练的。”（一个九岁的孩子一边教我折折纸，一边这么说道。）

“看到这本书，我就想起很久很久以前，一个暑假时的事情。”（一个十岁的孩子读安宁达的绘本《西瓜泳池》[1]时对我说。）

再长也不过是三四年前的事情，孩子却拉长了声音强调“很——久很——久以前”，是因为在他们的感知里，那确实已经是遥不可及的过去了。同样的三年，对于一个四十岁的成年人和一个十岁的孩子来说，是截然不同的。如果按照生命周期的比例来计算，十岁孩子眼里的七岁，恐怕就跟四十岁成年人眼里的二三十岁一样。所以或许在孩子们看来，大人们都活了很久很久。

在阅读教室跟小朋友们阅读历史书籍的时候，我偶尔也会冒出“老师小时候”这种话语。我虽然向来小心，不想让孩子们听起来觉得我在挖掘一些陈年往事，但是一看到那些二十世纪八九十年代的照片，我还是忍不住唠叨几句。因为我想告诉孩子们，老师小时候亲力亲为的那些事情，最终都变成了历史。同样，今天所发

1 原书名为수박 수영장（안녕달 그림책，창비，2015）。中文版译名为《西瓜游泳场》。

生的事情，将来也会随着他们幼年的回忆被铭刻下来。然而，当我提到1988年汉城奥运会前后，孩子们会去临摹吉祥物“虎多力”时，他们最好奇的竟然是当时我的年龄。这不禁让我有些泄气。

不过，每到新年就开始骄傲地宣告自己新年龄的孩子们，也会渐渐地对年龄的增长失去兴趣。究其原因，或许是在孩子们上小学之后，“年级”变得比“年纪”更重要了。大人们也一样，孩子们还小时会问“你几岁啦”，之后则更多地变成“你几年级啦”。提到外甥们时，我脑海里想到的也多半是“今年恩书几年级了？熙书呢”。而孩子们也更习惯于介绍自己的年级而不是年纪：“大家好，我是某某小学几年级几班的某某某。”

当然，学生这个身份对于孩子们来说，是有着重要的社会意义的。但是我们定义年级的时候，考虑的难道不是孩子们在接受学校教育过程中所处的阶段吗？会产生这样的疑问，是因为我的职业。当我们需要给孩子推荐阅读书目的时候，“年级”的划分往往成了一种迷思。毫无疑问，“几年级必读书目”“几年级的写作水平要求”这样的建议是有根有据的，也有它的参考价值，但它并不是绝对的。而当我们简单地以年级来对孩子们进行定义的时候，我们就很容易让他们被束缚在这样的框架中。

孩子们并不是到了二年级就一定会长成二年级的样子，不是到了五年级就一定跟五年级的孩子一样。六年级的孩子可能会看起来像四年级的，三年级的孩子也有可能看起来像五年级的。甚至同一个孩子可能在某些场合表现得像三年级的，在另一些场合表现得像六年级的。即便这样，在孩子们需要培养的诸多品德中，人们还是唯独对“学习”这件事情格外重视。这或许跟社会中看重“年级”的风气有关。而孩子们升入高年级之后，伴随他们更多的，其实是忧虑而不是期待。因此，讨厌中学，想要重新回到幼儿时期的孩子也不在少数。

就算他们已经十岁了，三年级终究还是三年级。我更愿意用“年纪”而非“年级”去看待孩子，似乎只有这样，才能从更加宽广的视角去看待孩子们的成长。所以我告诉自己，要懂得抛开年级的因素，单纯以孩子自身为尺度，衡量他们是进步了还是退步了；更多地夸赞他们在这个过程中付出的努力，而不是事情完成与否或最后的成就；时刻记住有些成长不能用数量或分数来衡量……只有这样我们才能更好地去帮助孩子们。有一次，我把这些话说给一位小学老师听，很荣幸与她所见略同，她说：

“我现在担任五年级的班主任，常常会想，这些孩子都已经五年级了，学校生活该适应的也应该都适应了，该懂得的也应该都懂了吧……但是转念一想，他们不过才十二岁而已，能懂得多少呢，他们终究还是个孩子啊。”

十二岁。我还记得我的十二岁，正沉浸在《我亲爱的甜橙树》[1]和《小王子》[2]的世界里。考虑到在那之前，我最爱的书是《小淘气尼古拉》系列，可以说十二岁的我，因为这些书经历了一次人生中最大的悲伤。那时过于被情绪裹挟的我，忽然觉得自己再也不是个小孩子了。现在想起来觉得又好笑又自豪。孩子们眼中的十二岁又是什么样的呢？

跟孩子们读完《最棒的十二岁》[3]之后，我和孩子们一起画了一个名为“最棒的____岁”的表格。因为我希望孩子们通过写下他们眼中两岁、十二岁、二十二岁、四十二岁、八十二岁时最棒的地方，获得一些对于成长的期待。在孩子们眼中，两岁时最棒的是不用去学校，父母会满足他们所有的愿望；十二岁时最棒的是能够交到新朋友，学到新东西，还可以玩游戏（而这些都是两

1 原著为若泽·毛罗·德瓦斯康塞洛斯（José Mauro de Vasconcelos）的 *Meu Pé de Laranja Lima*。

2 原著为安托万·德·圣-埃克苏佩里（Antoine de Saint-Exupéry）的 *Le Petit Prince*。

3 原著为辛西娅·赖伦特（Cynthia Rylant）的 *Some Year for Ellie*。

岁的时候不能做的）……二十二岁时最棒的地方最多：可以不用学习（我实在不忍心纠正他们这个误解），可以开车，或许能找到一份工作，可以去旅游，还可以尽情地玩游戏。似乎八十二岁在他们眼里也很棒，因为人生终于可以慢下来了，儿孙满堂，不用工作，而且到了那时医学肯定已经很发达了，不需要那么担心生病了。但是每个孩子都在四十二岁的地方卡住了。这不禁让我这个四十多岁的女性感到有些被冒犯。

“四十二岁也有很多很棒的地方啊，大家想想自己的爸爸妈妈，有哪些部分很棒呢？”

全场鸦雀无声。

“在老师看来，能够和大家相处就是一件很棒的事啊，工作也很有成就感，比二十多岁的时候更加游刃有余了。”

我嘴上这么说，心里却有些窘迫。也许我的表情出卖了自己，孩子们面露尴尬，笑而不语。只有仔仔鼓起勇气说道：

“可是要把我们养大好像也挺辛苦的，虽然也会有点儿开心，但我们都不太听话……”

这时彬彬也搭腔道：

“对啊。我以后可能不会要小孩呢，甚至可能不会结婚。四十岁的时候还要工作，想想就觉得很辛苦。”

我实在不想在孩子面前这么说，但事已至此，我不得不使出“撒手锏”：

“嘿嘿，大家肯定还不知道，四十多岁的时候赚的钱比以前多很多哦。拿二十多岁和现在相比，老师就更喜欢现在。因为老师很努力地工作，攒了不少钱呢！现在就是最富有的时候了！老师想吃什么都可以买！”

我想着，话都说到这份儿上了，孩子们肯定无法辩驳了，我肯定赢了，虽然赢得有些悲壮。这时仔仔却淡定地说道：

“老师，可是我们都不需要工作啊。要什么爸爸妈妈都会给我们买。”

“呵呵……也是……你这个思考角度也没错……那四十二岁的优点，我们下次想到的时候再把它写上去吧。下一次上课前，大家需要写一篇作文，题目是《____岁的我》。今天的课就上到这里。”就这样，我只能含糊其词，草草结束了当天的课程。

也是，小孩子怎么可能会明白中年人的优雅、闲适和自由呢？这得经历过才能明白啊！要不断学习，要彷徨过、成功过、失败过才懂啊，是吧？酸甜苦辣都要体验过才能理解啊，对吧？区区十二岁的小孩子懂什么？你们懂什么？！

——当天的我因为太过郁闷，失眠了。

本节参考书目

- 《西瓜泳池》，作者安宁达，原版书名为수박 수영장，中文版译名为《西瓜游泳场》（广西师范大学出版社，2016）。
- 《我亲爱的甜橙树》，作者若泽·毛罗·德瓦斯康塞洛斯（José Mauro de Vasconcelos），原版书名为 *Meu Pé de Laranja Lima*，简体中文版译名为《我亲爱的甜橙树》（天天出版社，2010）。
- 《小王子》，作者安托万·德·圣-埃克苏佩里（Antoine de Saint-Exupéry），原版书名为 *Le Petit Prince*，简体中文版译名为《小王子》（人民文学出版社，2003）。
- 《最棒的十二岁》，作者辛西娅·赖伦特（Cynthia Rylant），原版书名为 *Some Year for Ellie*，暂无简体中文版，原文韩文版译名为《最棒的十二岁》（멋진 열두 살，문학과지성사，2010）。

无数的方式

小时候，我很羡慕那些有绰号的孩子。比如姓“高”的可以叫“高丽菜”，姓“邱”的可以叫“蚯蚓”之类的，即便它们听起来有些幼稚。我知道被叫绰号的人常常会不高兴，所以我不会用绰号称呼别人，但我也不太理解，绰号真的这么惹人讨厌吗？我就没有绰号。可能“金”这个姓氏听起来就有点儿无聊，“昭荣”这个名字也平平无奇，没什么好起绰号的。我甚至想过给自己起一个绰号，但连我自己都想不出要叫什么好。我连名字都太普通了。

我也希望自己有一些与众不同的特征，倒不是希望鹤立鸡群，只是希望别人在说起“金昭荣”的时候，能够联想到什么。

比如什么“很会弹钢琴”，或者“跑得很快”之类的。“很会唱歌”“力气很大”也不错。再不然，“双胞胎”“名字很特别”“家里有只小狗”也可以。但我能想到的特别之处，只有“把头发剪短之后，右边会翘起来”。这跟我所期待的“特别”可差得远了。

其他特征倒是有一个，就是左边大腿上有一条淡淡的疤痕，像长长的黄瓜。爸妈说，是被炒锅烫伤后留下的，我却一点儿印象都没有。对于我来说，它就像是一条与生俱来的斑纹。爸妈却似乎对它特别在意。

有一段时间，他们经常说：

“我们家昭荣就算走丢到朝鲜，也能靠着这条疤痕被找回来。”

“有这条疤痕，才是真正的昭荣啊。”

当时的电视里，经常播放一些人们哀切地寻找离散家属、相认之后喜极而泣的画面。我知道爸妈的本意不在于此，但当时的我着实被吓到了，以为我和爸妈也会彼此走散，南北相隔。于是我一边害怕，一边看着自己的疤痕劝慰自己：虽然名字普通，但至少我有一条伤疤可以用来辨认身份啊。有趣的是，两位老人家当时也常说“现在还小，长大以后疤痕就消失了”“现在就淡了很多了”之类的。一边说着要有这条疤痕才是真的我，一边又说长大了疤痕就消失了，怎么听都有些自相矛盾，但当时的我对于两种说法照单全收了。如今只剩下当年的那些记忆，疤痕已经消失不见了。到头来，爸妈确实都说对了。

孩子们在阅读教室分享过去一周发生的事情时，总是难免把新伤口当作值得炫耀的事情。伤口越大，背后的“壮士冒险”就越惊心动魄。甚至，有的孩子在我百般劝阻之下，还是要把创可贴揭开来给我看。我皱着眉头说：“很痛吧？火辣辣的是吗？”孩子却一脸兴奋地说：“以前还受过一次伤，比这更严重呢。”说着就开始上下翻找，要把伤口找出来给我看。但对于孩子来说，伤口上总是很容易长出新肉来，然后消失不见。每每看到孩子们这样的举动，我就在想，他们会不会也像以前的我一样，其实是在找自己身上的特别之处呢？

说到“个性”，我以前总觉得，它应该是一些异乎寻常、鲜明突出、与他人截然不同的属性或特征，同时应该能够被称为“优点”，或诸如此类的。我也曾一度觉得，一个人如果没有所谓的“个性”，就只能是一个平凡无奇的人。但孩子们让我意识到，“个性”其实更接近于“本性”。只要我们尝试发掘每个孩子的几项特质，就能明白这一点。

第一堂课的时候，我会让孩子们说出自己身上“老师不知道的五件事情”，同时也告诉他们，学校、家人、才艺之类的已经从他们父母的口中听说过了，就不用说了。最后孩子们的自我介绍大体是这样的：

“我养鱼（孔雀鱼）；比起比萨更喜欢炸鸡（而且要配上不辣的酱料）；喜欢小狗；好朋友是 ×××，不过主要是在一年级的时候，二年级以后就跟转学来的 ××× 变成好朋友了；比起画画更喜欢读书（漫画书）。”

“喜欢小猫；有很多亲戚；爱吃豆芽拌饭；懂得不少汉字；想要成为医生。”

“我喜欢 ×××，但是没有电话号码；有很多朋友；当过会长；连我都觉得自己想象力很丰富；最近和 ××× 一起创作漫画书。”

这些撇开年级和性别的描述，似乎让我更能了解孩子们。这一条条的信息分开来看虽然毫不出奇，但一旦把它们组合在一起，一个鲜活的孩子便跃然纸上——无须与任何人比较，有一种专属于孩子自己的独特。

有一次，银银说自己向学校提交了一份申请，准备和同学们一起创建一个社团。七个孩子一起参加了面试。面试的老师问他，人数这么多，要是有人迟到或不参加活动的话要怎么办。银银说：

“要提高团长的地位，借助团长的权威来解决。而团长将通过民主的方式产生。”

——完全是不喜欢出头，又重视效率的银银会说出来的答案。最有趣的是仔仔和灿灿听到这件事情后的反应。我问他们，如果遇到同样的问题会怎么回答。仔仔说：“先要警告他们。”而灿灿说：“马上开除！给其他人一个教训。”还有一次，我问孩子们，如果他们得到了传说中的“不老泉水”会怎么做。银银斩钉截铁地说“那是不可能的”；仔仔说要“和妻子一起喝”；而灿灿的答案是“拿去做生意”。孩子们的答案真的是各不相同啊！每次想到这里，我都有一种奇妙又畅快的感觉。

有一个孩子说，要成为韩服设计师，说自己去景福宫玩的时候，不仅穿过男生的韩服拍照，也穿过女生的韩服拍照。周围的小朋友看到那些照片后取笑他，这个孩子却丝毫不在意。还有个孩子说，自己的兴趣是跟爸爸在电视机前看自然纪录片，还说自己“只要是牙齿大的动物都喜欢”。我曾经借给他一本介绍鲨鱼的书，他读完后便自己制作了一本牙齿图鉴，上面画着各种动物和自己家人的牙齿。

还有个孩子，除了阅读教室的大书包之外，每次来还背着一个小包包。有一次我郑重地问他，能不能让我看看他的小包包里装了些什么。我打开一看，发现里面整齐地装着梳子、哨子、便笺、圆珠笔，还有漂亮的小石子之类的。一想到这是个特别喜欢在户外玩耍的孩子，我不禁有些意外。然而孩子对此的解释是：

“玩到一半可能会用到，要回家取的话就没时间玩了，而且妈妈也会叫我不要再出去了。”

后来听孩子的妈妈说，孩子就算在外面玩得再疯，也会抽空梳梳头、擦擦手什么的：

“我们家里就数他最爱干净了，妹妹都比不上他。我和孩子他爸都属于比较大大咧咧的人，也不知道这孩子像谁。”

不过在我看来，孩子们一开始并不是那么像父母的。当然，有时候通过五官和体形之类的，就能一下子认出来他们是一家人，甚至让人惊讶，他们竟然可以这么相像。有时从生活习惯和说话语气上，我们也能找到很多共同点。但这些相似之处，只是孩子身上的其中一部分罢了，孩子的个性远远要比这复杂得多。他们是多重因素交错结合而成的个体——从父母那里遗传而来的、自己主动去学习而来的，先天的、后天的，有意识的体验和无意识的经历，等等——就像大人一样。

我们常常把关于孩子的事情都归为“像谁谁谁”，因为这样显得比较容易解释。比如，有一段时间，我因为外甥的五官和口味都跟我很相似，而变得有些钻牛角尖，以至于我在看他的时候，所有事情都带上了“像姨妈”的滤镜——喜欢在桌子前写写画画到处粘贴，喜欢和朋友一起攒钱去吃贵的食物，遇到突发状况却异常淡定的性格……似乎全都像我。结果有一次，我丈夫小心翼翼地对我说，“其实你俩也没那么像”，我明知自己理亏，嘴上却反驳道：“那是因为你不知道小时候的我是什么样的！”

后来，发现外甥在学习上并不像我一样着急忙慌的时候，我开始变得着急忙慌起来。因为太过执着于我俩的共同点，以至于一旦发现了我们之间的不同，我就忍不住觉得遗憾。而当我听说孩子因为什么事情而难过哭泣的时候，我的心里也会很难受，仿佛是小时候的自己受了伤一样，暗自希望在那些坏事上不要像我才好。总之，不管是期待也好，担心也罢，都是我的一意孤行。但连当姨妈的都这样了，又何况当父母的呢？可想而知，要客观地看待孩子、接受孩子本来的面貌究竟有多难。

真正塑造孩子的，其实是他们自己。而他们的“自我”中，既包括了愉快的记忆和成功的喜悦，也包括了伤痛和疤痕。优点是孩子的一部分，缺点同样也是。与他人不同的特点也好，相似的共性也罢，甚至是完全相同的东西，都是孩子所固有的。摒除对于“个性”的执着，从“本性”的角度去思考，我才真正明白，生活在这个世界上的人们是如此千差万别。当我们认识到我们生活的每一个瞬间都在塑造着一个新的自我的时候，我们就会发现，“千差万别”其实就意味着“无穷无尽”。

这让我想起玛丽·奥利弗的一句话：

“宇宙存在于无穷无尽的空间中，以无穷无尽的方式展现着自身的美，这是一件多么令人惊叹的事情啊。而同时，宇宙又是如此充满生机而又井然有序。”（引自《完美的日子》[1]）

于是我又想起那个头发往一边翘、大腿上有一条淡淡疤痕的孩子，那个思忖着自己为什么没有绰号的孩子。或许，那个我其实就是一个“看起来普普通通”的孩子，而其他的孩子也不例外。会有孩子因为讨厌被叫作“蚯蚓”而愤恨自己为什么不姓金；会有孩子因为自己家养的小狗只黏着姐姐而心生埋怨；也会有孩子很会唱歌，但害怕站在众目睽睽之下，因而不愿上音乐课……此刻在某处，肯定也有很多别的孩子或大人有着这样的烦恼。

正是因为每个人都按照自己的方式在生活，这个宇宙才如此生机盎然；而只有“各不相同”带来的“参差不齐”才是一种井然而稳定的秩序。能够生活在这样的

1 作者玛丽·奥利弗（Mary Oliver），美国当代著名诗人，作品以描写和歌颂大自然见长。原书名为 *Long Life: Essays and Other Writings*。

宇宙里，我感到很安心，因为这个宇宙辽阔到足以包容我们的一切。

本节参考书目

◆ 《完美的日子》，作者玛丽·奥利弗（Mary Oliver），原版书名为 *Long Life: Essays and Other Writings*，暂无简体中文版，原文韩文版译名为《完美的日子》（메리 올리버, 민승남 옮김, 완벽한 날들, 마음산책, 2013）。

第二章

孩子与我

站在最孤独孩子的角度

跟孩子们学习写作的时候，我常常会把文章比作房子：单词是砖块，句子是墙壁，段落是区分出功能的空间；每个段落里放一个思想，就好像在一个房子里区分出卧室、厨房和洗手间。这样的比喻简洁易懂。我还会告诉他们，房子越大、家人越多，需要的房间就越多。所以文章也要根据具体的情况，分出或多或少的段落来。为了让他们理解得更透彻，我还会结合自己的经验告诉他们：

“现在老师家有三个房间，但是老师也住过只有一个房间的房子。三个房间也好，一个房间也罢，都是房子。文章也是一样，一个段落也可以是一篇文章。”

结果有一次，一个孩子问我：

“老师，那你当时是自己一个人，所以只有一个房间吗？”

我瞬间失语了。不啊，老师一家四口住在一个房间里呢。但这句话没法轻易说出口。

*

我们一家四口住在一居室里的时候，我还在读小学一年级。当时年纪太小，我并不觉得这有什么不便或者不妥的，只是有些遗憾，不能把同学带到家里来玩。因为父母压根儿就不会同意，甚至不太愿意让我去同学家玩。不让别人来就算了，怎么连去别人家也不行呢？当时的我怎么也想不明白。长大后我才隐约猜到，大概是因为一旦去了别人家，下次就得把对方请到家里来吧？又或者，不想让我看到别人家是什么样，别人过着什么样的生活？

有一次，我好不容易得到父母同意，放学顺道去了一趟同学家里。那个同学平日里用的东西——什么书包、鞋袋、笔筒、雨伞都是一套的。走到门前，我看到一栋两层小楼，她按门铃的时候我才真正吓了一跳，因为那就意味着，这整栋楼都是她家的！开门的是她的奶奶，她看着我说：

"你就是昭荣吧？听说你特别擅长听写呢。"

同学的家太大了，以至于我都不知道眼睛要往哪儿放。我不想让他们看到我东张西望的样子，所以紧紧盯住同学的脚后跟，跟着她走进了房间。进到屋里我又被惊到了，整个房间都是她的，有自己专属的床和书桌。为了不让她察觉到我的惊讶，我便东拉西扯了起来，但或许我的小伎俩早就被看穿了。过了一会儿，同学的奶奶用一个托盘盛满了各种茶点送过来，有零食、切得很精致的水果，还有装在玻璃杯里的果汁。这种场面我只在电视里见过，在生活中连想都不敢想，更别说亲身体验了。

吃点心的时候，我竭力装出一副淡定的样子，但最终还是失败了——我的鼻血出卖了我。我平常就爱流鼻血，偏偏这个时候又来了，一下子滴到了托盘里。之后的事情我便记不清了，也不知道最后是怎么收场的。点心吃完了没？是立马跑回家了，还是玩到了最后？只记得回家时走到一半，我便忍不住站在路边哭了起来。这么说有些奇怪，但我当时真的觉得自己丢尽了脸，不是因为掉眼泪，而是因为流鼻血。

在那之后，我们家还住过其他的一居室，也住过一室一厅。每次看到杂志上的漂亮房子，我就想，要是有一天我也能住进这样的房子就好了。有时候想想就觉

得开心；有时候又害怕这永远只能是幻想，转眼就泄了气。

现在的我住在小区公寓楼里，房子虽然位于首都圈的外围，面积也不大，但好歹是我和丈夫攒钱买下来的，有三个房间，还有阳台。客厅里有沙发，还有几张宽敞的书桌。我有时候会想，如果可以回到过去，我想找到那个年幼的自己，对那个因为流鼻血而羞愧到哭泣的自己说，等你长大了，就会住在这样的房子里。不知道那个我会相信吗？希望会吧。

有一年的电视综艺颁奖典礼上，一个真人秀节目拿了大奖，拍摄的是爸爸们照顾孩子的日常。我想，是不是因为这些年生育率太低，才把大奖颁给了这个节目，想要借此宣传养育孩子的乐趣。但我并不喜欢这个节目。原因之一在于，如今这个社会，养育孩子的责任几乎全被推卸给了母亲，做父亲的照顾一下孩子，就那么值得全社会的关注吗？不过还有个更重要的原因，就是节目里出现的房子都太大了。

孩子们也在看这个节目，自然就会知道这些大房子不是搭建出来的场景，而是著名艺人们真实居住的房子，也会看到住在这些房子里的孩子。当然会有孩子不以为意，但同样也会有孩子觉得那房子大得只在自己的梦里出现过。那么，这些孩子是在怎样的状况下看到这一幕的呢？和谁一起看的呢？和父母一起，还是自己一个人？看的时候在做些什么？电视又摆在什么位置？那些孩子会不会羡慕电视里的孩子？还是觉得这跟自己的生活相差了十万八千里，反而毫不在意呢？就算他们嘴上说着不在意，难道真的一点儿都不在意吗？这些想法充斥着我的脑海，让我无法直视电视机的画面。

有些孩子依然在通过电视认识这个世界，尤其是一些内心孤独的孩子。如果一个节目孩子也能看，那么我希望它能够站在最孤独的孩子的立场，照顾他们的感受；让他们看到善良诚实的人获得了胜利，看到一起玩耍的乐趣、各式各样家庭的自然状态，看到即使不是亲人也可以建立起牢固的关系，看到小狗小猫，还有这个世界的善意；让他们安心并且明白，这个世界本身就是一个漂亮的家。

我也知道电视里贩卖的本来就是一些幻想，但既然要展现一些美好的东西，不如就把这个世界最美丽的风景展现出来，这难道不比豪宅里的客厅更值得幻想吗？

*

“不是哦，老师小的时候一家四口住在一个房间里呢。后来也试过自己一个人住一个单间，情况都不一样。文章也差不多，就算只有一个段落，只要把内容写好了，也能成为一篇优秀的文章。”

我装作若无其事的样子这么告诉孩子们，接着便给他们解释作文题目，让他们开始写作，最后擦掉黑板上画的房子，背起手，绕着他们转了一圈。我这才感觉到，我内心深处的某个部分，终于成长了。

住在同一屋檐下的朋友

一次课上，我们谈到了“性本善”和“性本恶”的问题。六年级的孩子们都饶有兴趣的样子，听得很是认真。听完双方的观点之后，彬彬用一种召开发布会的坚定语气说：

“我认为，性本恶的说法应该是对的。”

“为什么呢？”

“我是看着芝芝出生长大的嘛，她很小的时候就开始折磨我了。”

彬彬口中的芝芝是她的妹妹，比她小三岁。芝芝精力充沛、爱玩，每次见到我，都会大声地跟我打招呼，是一个特别可爱的孩子。彬彬却常常被芝芝气得咬牙切齿的，说她什么事情都爱捣乱——自己看书的时候会在旁边闹，跟同学一起玩的时候她也非得掺和进来不可，曾经把果汁洒在自己的画作上，还把自己的作业本给撕坏了。我试着为芝芝辩解说，肯定是不小心的嘛，彬彬却不买账。“等妹妹长大了就好了”这种话，彬彬也不知道听了几年了。但是在她看来，妹妹始终都没有长大。

倾向于认同“性本恶”的孩子又何止彬彬呢，有几个哥哥姐姐在提到弟弟妹妹的时候，谁没有几件委屈的往事呢？可能正是因为这样，很多童话书和绘本都试图通过故事，去安抚那些因为弟弟妹妹而伤心的孩子。在这些作品里，弟弟妹妹通常都会被描绘成令人讨厌和头疼的存在，而故事的主人公都希望弟弟或妹妹彻底消失，有时甚至如愿以偿了。但到了故事的最后，他们都会认识到弟弟或妹妹有多么珍贵。这些故事或许都在传达一个信息，就是大人们能够体会到作为哥哥姐姐的心情，或许还带着一些心疼——明明自己也是孩子，却要理解和忍受比自己更小的孩子。

可难道做弟弟妹妹的就没有委屈吗？

通常在兄弟姐妹间出现争执的时候，大人们都会告诉当哥哥姐姐的“要懂得忍让”“要让着弟弟 / 妹妹”，然后告诉当弟弟妹妹的“要听哥哥 / 姐姐的话”。大概也是希望年纪大的能够更有包容之心，年纪小的更加听话懂事。大人们几乎不会让当哥哥姐姐的听弟弟妹妹的话，也不会让当弟弟妹妹的去忍让做错事的哥哥姐姐。这种在兄弟姐妹间划分长幼尊卑的方式，对于维持家庭里的伦常纲纪是非常有用的。

但问题是，这种方式并不民主，最终只会让当哥哥姐姐的有话说不出、委屈藏心里，让当弟弟妹妹的永远活在“低人一等”的阴影里。并且，从弟弟妹妹的角度来看，大人们让哥哥姐姐“忍让”对自己并不公平。因为这听起来，好像确实是自己做错了事，所以才让哥哥姐姐“忍让”的。

我也有个大我五岁的姐姐，所以我刚上小学，她就要小学毕业了。每天上学，妈妈都会让我俩一起出发，然后交代姐姐好好领着我去学校。但姐姐一旦在路上遇到自己的同学，就会叫我走到前面去。我其实想走在姐姐旁边，但姐姐自然想跟自己的同学一起走，甚至巴不得甩下我自己走，只是妈妈交代了要带着我，才让我走到前面去的，还用我听不到的音量小声地跟同学说着悄悄话。这件事让我既委屈又难过，即便过了几十年依然记忆犹新。我一直觉得，当时的我对于姐姐来说，肯定特别讨人嫌。但后来问起的时候，姐姐说她根本不记得这件事了。这更是让我既委屈又难过。

五年的时光在孩子发育的阶段会造成相当大的差

距。所以无论做什么，姐姐通常都做得比我好。更何况姐姐本来就心灵手巧，无论是手工还是绘画都很在行，而我就完全没有这方面的天赋。做手工作业的时候，光靠我自己是绝对完成不了的，所以明知道伤自尊，还是要找姐姐帮忙。这时候我如果在旁边转悠的话，就会被姐姐说碍手碍脚，结果反而打翻水杯、撕坏纸张等。即使这样，大人们还是会让姐姐“要忍让”，让我“要听话”。这让我伤心得不行。所以我很能理解芝芝，觉得是彬彬太过分了！

不过不久前，我从夏夏的妈妈口中听到了一件趣事。夏夏的妈妈说自己也是当妹妹的，觉得这种长幼尊卑的秩序不合理，于是每次夏夏和哥哥吵架的时候，都一定要帮他们分出个对错来。问题是，兄弟间的争吵几乎很难简单地归咎于一方，况且孩子们吵得多了，最终只能针对吵架这件事情本身开展批评教育。结果就算让他们面壁思过，两人还是会在这个过程中又一次吵起来。正发愁的时候，夏夏的妈妈从朋友那里听到了一个好办法：

“如果他们吵架的话，就让他们抱抱对方。他们通常都会大吃一惊，说自己宁愿面壁思过。但我还是非常严肃地告诉他们：‘快点！等什么呢？快点抱。’他们拧不过就会抱在一起。刚开始的时候还不情不愿的，抱着抱着两个人就‘咯咯咯’笑起来，和好了。”

兄弟姐妹之间的感情，似乎就是以这些说不清道不明的方式不断加深的。所谓兄弟姐妹，就是虽然不情愿还是会抱在一起，抱上了以后就会笑起来。但这并不意味着就彻底和解了，心里总还是有话要说……在孩子们看来，兄弟姐妹就是生活在同一个屋檐下的伙伴，共享“父母”这个绝对条件；也是在人生初期相遇，陪伴一生的朋友。他们在彼此都还很生疏的时候，就深深地影响着对方的社会化过程，所以才会吵架、和好，然后变成对方人生中的一项重要的功课。

这么说起来，彬彬曾经对妈妈说过：“芝芝这么不爱读书该怎么办啊，问问老师阅读教室还能不能报名了。”亚亚也说，自己担心弟弟“力气越来越大，也越来越不听话”，还时不时跑到弟弟的阅读课上看看他的表现如何；也曾拿着在雪橇场拍回来的弟弟的照片，说“可爱还是挺可爱的”。

我常常有些担忧，孩子们因为新冠疫情，在家里度过了一个史无前例的长寒假，跟自己的兄弟姐妹长期困在一起，真的没问题吗？我在社交媒体上看到了很多孩子穿着睡衣跟自己兄弟姐妹一起画画、看电视的懒洋洋的样子，于是又想起彬彬、夏夏、亚亚他们，忍不住笑了起来。

过了青春期，五岁的差距变得不那么明显了以后，我跟姐姐的关系也开始变得有些生分。我俩天分不同，喜好不同，不仅毫无共同话题，连穿衣风格都大相径庭，所以也没什么好争吵的。姐姐考上了服装专业，最后成了一名韩纸工艺师；我选择了韩国文学专业，毕业后在出版社工作了一段时间，最后成为一名阅读老师。这么看起来，我俩的人生没有任何的交叉点。

我俩后来关系变得亲密，已经是姐姐结婚、生下两个孩子之后的事情了。不对，准确地说，是我准备结婚的时候。当时，姐姐一个人承担起了娘家人的所有角色，为我张罗婚礼。不管是给亲戚们打电话、准备酒席，还是给婆家准备各种各样的东西，我都得仰靠姐姐的帮忙。和小时候一样，我别无选择。但和小时候不同的是，这次的我完全不觉得伤自尊。我原来以为，大家都是成年人了，五岁的差异已经不像以前那么大了，但似乎并不像我想的那样。在这个屋檐下，我不是一个人。对姐姐的抱歉和感恩，令我好几个晚上彻夜难眠。

几天前，我收到了姐姐寄来的一个很大的快递箱子，姐姐说是给我寄了一些萝卜泡菜。我还纳闷，怎么会这么大一箱子呢，打开一看，才发现里面除了泡菜，还装满了各种蔬菜——是从姐夫开的蔬菜商店里直接送过来的。大葱跟萝卜一样又粗又壮，小南瓜和茄子都跟夏天产的一样又大又新鲜，比我在家门口超市买的要好上几倍。丈夫在整理的时候也说，都是挑选了质地最好的送过来呢。

第二天，我用姐姐寄来的甜菜煮了锅大酱汤。嘴上说着，哎哟，都这年头了，还寄这么多菜，是怕你妹妹会饿死吗？不过，话刚说完，眼泪就莫名其妙地流下来。如今写着这篇文章，我还觉得眼角有些湿润。不对呀，我原来想说的不是这些啊。我想说的是，当弟弟妹妹的也很委屈，希望大家伸出援手，帮助他们好好跟哥哥姐姐相处呀，怎么写着写着就哭了呢。看来这篇文章又写砸了……

心里的老师

我人生中的第一个“不解之谜”，是小学一年级时班主任跟我说的一句话，应该是在放学前的班会上说的。她说回家后要听父母的话之类的，然后说：

“老师就在大家的心里，所以老师什么都知道。”

我当时心中充满了很大的疑惑：老师是怎么进到我心里的？毕竟在当时的我看来，“心里”就是一个实实在在的空间。既然是我的“心”，那么“心里”肯定就在我身体里的某个地方。那老师又是怎么进来的呢？我并没有开门邀请她进来呀？话说回来，“心里”有门吗？更重要的是，老师现在就站在我面前啊，她怎么能同时又在我心里呢？我怎么想都想不明白。

但我依然对老师的话坚信不疑。既然她都这么说了，那肯定就在呗。于是吃饭的时候我会想，吃进去的食物要是进到老师所在的“心里”该怎么办啊。在运动场的角落里玩平衡木，失去平衡摔下来的时候，我还会心里一惊：“呀！老师怎么办？”跑在路上突然想起心里的老师，我也会不由得放慢脚步小心地走起来，就怕把老师给弄丢了或摔伤了。就这么过了一段时间，我突然产生了一个更大的疑惑：“等一下，我们班有几个学生来着？老师怎么能同时出现在大家的‘心里’呢？老师会在不同的人‘心里’进进出出吗？”我很想问她，却问不出口。因为那时我和老师之间已经出现了一个大误会，一个深藏在我心里的误会。

我是很喜欢我的班主任的，觉得她烫过的短发看起来很干练，胸前系着蝴蝶结的雪纺衫也很漂亮，身上还散发着淡淡的香味。连在黑板上写字的声音都如此轻柔，而且字体娟秀、大小均匀，令人赞叹。更重要的是，老师很厉害，似乎什么都懂，不仅对学校的每一个角落都了如指掌，对于我们要做的事情、要学的知识也都烂熟于心。我总想在她面前好好表现。更何况，我当时最大的目标就是要成为一个“模范生”，所以在听老师话这件事情上，我是很有信心的。

可是有一天上课的时候，我的橡皮擦从桌上滚了下去，之后一切都乱了套。我弯下腰去找橡皮擦，却怎么也找不着。我是看着它掉下去的，可视野里只有桌脚、椅脚、我的脚和同桌的脚。我还试着把手伸下去四处摸索，结果还是没有。就在这时，班主任叫了我的名字：

“昭荣，上课的时候不要吵。”

被点名本身就够打击的了，再加上我是要捡橡皮擦，根本就没有发出什么声音，老师却让我不要“吵”，我当时觉得特别委屈。但要是我立刻跟老师抗议的话，就变成真的在吵了，所以我一句话也没说，只是伤心地掉下了眼泪。我还想过，要不要等课间的时候去找老师好好解释一下，但最终还是没有鼓起勇气。老师还说她在我的“心里”，怎么能这样误解我呢？所以之后的我，连走路和吃饭都变得小心翼翼的，只能暗暗期待未来有机会跟老师解除误会。最后跟老师的关系有没有修复，我已经记不清了；只是现在一听到“谁在谁心里”这样的话语，就会想起这件事情。

后来三年级的时候，我转学了。在新的学校里，我依然非常努力地学习，努力成为一个“乖孩子”。而班主任似乎也看到了我的努力，所以秋季运动会的时候，每个班要选出一两名学生一起参加传统舞蹈“强羌水越来”[1]

1 韩国西南沿海地区流行的一种民俗游戏，女人们在阴历八月十五或正月十五的月圆之夜里聚集在一起，等待圆月升起的时候牵着手围成一圈跳舞，以此祈求丰收和富庶。

的演出，我们班选的就是我。每次在上课时间被叫到走廊上排练的时候，我都觉得又自豪又开心，可惜这种心情并没有维持太久。首先是因为演出太难了。我记得当时的要求是，跟着老师的口令从孩子们牵起的手下穿过绕到圆圈外。但因为是第一次，大家都不太理解，个个手忙脚乱的。我就更不用说了，要从谁和谁的中间穿过根本记不清楚，因为就没几个孩子是我认识的，就连我自己班上的同学都是勉强刚记住的。

大概是看到孩子们慌乱的样子，隔壁班负责指导的老师语气一直很不耐烦，最后一把抓住我的肩膀狠狠拽了一下，说："叫你到这里来！"我几乎整个人被甩到了过道上。直到现在，我还清楚地记得当时过道上拥挤的情景、被眼泪模糊的视线，以及视线里孩子们的膝盖。

那时的老师们常常会有一些过激的举动，孩子们因此心灵受伤。当然，我们总是更容易记住委屈难过的时刻，因为它们太过"特别"。其实更多的，还是其他老师的温柔和慈爱。不过对于我来说，小学老师们多少还是有些难以接近，甚至有时候太过威严。所以，每次看到年轻人把教师当作自己的职业规划时，我都一方面感叹他们对于孩子的热情；另一方面又觉得他们肯定都无可挑剔，属于近乎完美或者追求完美的人、严格的人。

所以，第一次受邀参加小学老师们的会议并发表演讲时，我非常紧张。首先我有些怀疑，小学老师们的知识那么丰富，他们真的看过我的书吗？他们会不会因为我的书里写了一些浅显的、存疑的，甚至是错误的内容而对我有所指摘呢？我仔细准备好材料，精心打扮了一番后出门。收到让我“到了后直接去教务室”的短信后，我还觉得自己像一个做错了事准备接受批评的学生。现在想起来也觉得有些好笑。

没想到，老师们都非常专注和认真地听我演讲，真的非常可爱。我在演讲的时候，不时会抛出一些问题，为的是让听众集中精神，或者把开小差的人“呼唤”回来。但同时我又不想给他们太大压力，所以刚问完问题就把答案说了出来。不过这一招对老师们不太管用，不管问题多么简单，他们都很积极地作答；如果我过早把答案说出来了，他们还会一脸惋惜的表情，好像在说：“哎呀，差一点儿就答出来了！”就连随意的玩笑，他们都非常捧场地哈哈大笑。在我展示精心准备的资料时，他们会发出“哇”的惊叹声。演讲结束后，他们拿着书前来索要签名的时候，还会针对书里的内容说上一句自己的见解。在那之后遇到的其他老师也不例外。没错，他们就跟孩子一样。

通过各种演讲、学习小组以及其他的机会，我常常会遇到老师们。每次我都会感慨他们对于学习是如此地孜孜不倦。对于自己的课程也好，童书也罢，抑或是教学方法或这个世界，他们都求知若渴。从这个角度来说，我预设“老师们都追求完美”恐怕是对的。更重要的是，他们都知道“学习”究竟意味着什么。在教育孩子这件事情上，还有比这更重要的吗？老师们愿意倾听我的演讲，并不是因为我列举的事例有多么特别，也不是因为我提出了多么了不起的理论，而是他们有一种信念和意愿——只要是对孩子们有帮助的，他们就绝不会错过。

老师是孩子们身边最常见的专家，有时甚至是唯一的高知人士。对于一些孩子来说，老师还可能是他们身边最亲切的人。但是，他们被大大小小的事务缠身，在一些方面难免有所疏忽。他们与孩子们亲密相处，私下里需要承受的事情太多，有时还可能会有些不近人情，又或者因为个人能力的局限，不免偶尔让孩子家长们失望。这些时候，会不会是我们对老师们太过苛责了呢？他们是“老师”的同时，也是一名普通的劳动者，我们会不会太过于看重他们“教师”的身份了呢？特别是对于那些特殊学校的老师，我们会不会太轻易地认为，他们从事这一份工作本身就等于承诺了“无私奉献”，而他们的牺牲是理所应当的呢？

我不是个心胸宽广的人，所以老师们对我的误会或者伤害我都记得。但奇怪的是，那些老师的面庞只剩下了个朦胧的剪影。另一方面，也有些记忆深深刻在了脑海里，例如，一个老师微笑着对我说，“昭荣每次打招呼的时候脸上都挂着笑容，所以我每次看到昭荣都很开心”；还有一个老师用温柔又认真的眼神看着我，告诉我不管怎样，都要记得好好吃早饭；我还记得，老师坐在我们学习小组里身上气味最大的孩子身边，泰然自若地吃着盒饭；也清晰地记得在我转学过来的时候，老师一把抱住我，抱得我都快呼吸不过来了，对我说“我最喜欢新同学了”……那些场景都宛若发生在昨天一般，历历在目。

长大后的金昭荣或许做不到，但小时候的金昭荣对于老师们的小失误应该不会放在心上。大概因为那时的我光顾着快点长大，所以对于伤心的事情，就那么让它随风而去了。但是从老师身上学到的东西、获得的快乐体验和幸福感都沉淀了下来，成了我的一部分。因此，在第一天上班的早上，我相信只要带着笑容与人打招呼，就一定会受到欢迎，于是不由得挺直了身板；即便悲伤长期挥之不去，在清晨哭着醒来，我也坚持吃好早饭，为自己加油打气。我知道，不管是装糊涂还是过度的表达，都是爱的一种表现。直到现在，我才真正明白了“老师在我心里”这句话的含义。

每年教师节的时候，我都想对老师们呼喊一句：“我代表国家感谢您！”特别是今年，我们不得不采取线上教学的方式，这种前所未有的体验更是让这种冲动更为强烈。我特别想向那些即便身心俱疲却依然说“好想见孩子们”“听见孩子们的声音我都要哭了”的老师，表达我最真诚的感谢。祝福老师们教师节快乐，也希望孩子们的爱能够流淌进老师们身体的每一个角落。

谨以此文献给我敬爱的老师们。

孩子们的挑食与大人们的挑食

我要是早知道有这样一个训练营环节的话，一定不会缠着要来——女童子军团举办夏令营的时候，我一直这么想。我最初只是想穿穿那套帅气的团服罢了，因为连帽子和徽章都看起来很酷。我知道参加这次夏令营活动要学习，要当志愿者，但是我完全没想到还有训练营环节。我向来不喜欢郊游，也不喜欢运动会；不喜欢在大太阳底下挥汗如雨，不喜欢坐在铺了坐垫依然凹凸不平的地面上；不喜欢背包里沾染上食物的味道，不喜欢剩饭剩菜，更不喜欢因为饭盒没盖紧最终把背包弄得一片狼藉。更何况我本来就有些笨手笨脚，参加户外活动时常常丢三落四的：喝汽水喝到一半，攥在手里的汽水瓶晃悠晃悠着的工夫，就把另一只手里的手帕给弄丢了。这样的我竟然要去参加训练营？还要三天两夜？

当时的我只有小学四年级，第一次离开家独自生活。但要说最困难的事情，“想家”根本排不上前五名。真正让我难受的，是住进用作训练营地的闲置校园里，睡在冷冰冰的教室地板上，到处是各种各样的虫子，还要忍受不认识的高年级学生对我们颐指气使。而训练营里最最难忍的，当数咖喱。我后来才知道，咖喱是各种训练营里最为常见的菜色。我从小就吃不惯咖喱，但训练营的规定相当严格，菜谱安排的是什么就得吃什么，所以在排队打饭的时候，我的心里充满了绝望。好在最后跟老师说明了情况，可以不用吃咖喱了，但代价就是，我的饭盘里只剩下了白米饭和腌萝卜。这么一来，什么团服、徽章都变得索然无味了。

其实我并不算挑食严重的孩子，因而常常被大人们夸赞，说我这个孩子给什么吃什么。当时的我确实是觉得好吃才吃的，不明白这有什么好夸的。小学一年级的时候，有一次，班主任让同学们写下自己喜欢的食物，最后看到我写的是米肠竟大笑了起来。肉类也好，海鲜、蔬菜也罢，我都不挑；海参、生蚝，只要给我一个酸辣酱油碟，我就能蘸着吃得津津有味；凉拌野菜也不在话下。

但是咖喱在我看来，不管是从颜色、形态，还是从气味上来说，都难以称为食物（具体原因我就不展开说了）。蛋黄酱和番茄酱之类的也不行。去小吃店买热狗吃的时候，从点单时我就一直强调不要酱料，中途还生怕老板一时大意帮我涂了番茄酱而坐立不安，直到热狗干干净净地递到我手里才松了一口气。蘑菇一类的我也不爱吃，但好像家人们也不爱吃，所以吃的机会不多。最麻烦的是胡萝卜，因为它总是带着强烈的泥土味儿，让我难以接受。而且，它总是作为配菜出现，所以更是避无可避。拌饭和紫菜包饭里都有它的身影，要是强行把它剔出来肯定要遭受大人的责骂。虽然它的难吃程度不及咖喱和蘑菇，但是不爱吃却常常要吃，所以更令人讨厌。

第一次知道有“食物过敏”这件事的时候，我还暗自希望自己对胡萝卜过敏。听说过敏的时候身上会起疹子或者脖子红肿，我想吃胡萝卜的时候，喉咙那种苦涩的感觉会不会就是过敏反应呢？最后发现，我还真的对食物过敏，但过敏原不是胡萝卜，而是马鲛鱼。每次吃马鲛鱼的时候，整个小手臂上都会长满小米粒一样的疹子。我那么喜欢吃鱼，竟然对马鲛鱼过敏？！简直太令人郁闷了。

然而如今的我，每次压力大的时候最先想到的就是咖喱。厨房里常备着奥多吉牌的 3 分钟速食辣咖喱酱。

我甚至还亲手做咖喱，把土豆、洋葱和胡萝卜切成大块，一股脑儿放进锅里，煮上满满一锅，一连吃上好几天。把食材切成大块，是要等最后把胡萝卜挑出来给丈夫，但有时我也会吃上一两块。我甚至还常常去印度餐厅吃传统的咖喱料理，一开始吃菠菜咖喱的时候确实需要一些勇气，但是一旦尝过之后，就彻底喜欢上了。蛋黄酱和番茄酱如今也不在话下了。

甚至连蘑菇我也能大快朵颐了，仿佛要把小时候没吃的都吃回来一样。不管是杏鲍菇、金针菇、平菇、香菇、双孢菇还是木耳，我全都不挑，在超市看到第一次见的蘑菇，哪怕贵一点儿也要买回来尝尝。如果我告诉小时候的金昭荣，说“我是从未来穿越回来的，你长大后会买各种蘑菇炖汤”，她会不会因此每天都生活在绝望中呢？想到这里，我就不禁感慨，人的饮食习惯竟然会发生如此大的变化。这么说起来，我告诉孩子们：“就算你现在不吃，以后也会吃的。”这种话说不定听起来像是一种威胁，以后可不能再说了。

云云很讨厌吃苏子叶（就像我讨厌吃胡萝卜一样。我还想着他会不会对苏子叶过敏，毕竟他说吃苏子叶的时候嘴巴涩涩的）。贤贤不爱喝果汁，但他喜欢喝可可，可能是因为他受不了果汁那种酸酸甜甜的味道。亚亚不爱吃奶酪，说自己吃是能吃，但是得憋住一口气硬吞下去。梦想成为厨师的夏夏，说自己不爱吃黄瓜和甜瓜。我故意问他："那可怎么办呀？"结果他非常爽快地回答说："不要用黄瓜和甜瓜做菜就行了呗。"

每次听到孩子们说自己吃不下、不爱吃什么东西，我都会顺便告诉他们：

"当大人的好处可多了。其中之一，就是吃紫菜包饭的时候可以把胡萝卜都挑出来，还不用被妈妈骂；甚至可以在买的时候，就告诉店家不要胡萝卜。"

有的孩子会露出羡慕的神情，有的孩子却会"批评"我说："不是呀，为什么讨厌胡萝卜呀？多好吃呀！"想来这句话也是他们从大人那里听来的，所以我通常都默默地接受批评。

小时候那么抗拒的食物，为什么长大以后都能吃了呢？大概是长大以后，味蕾也发生变化了吧。可能还有一个原因，就是我现在吃的东西，都是我亲自选择的。加上我尝过了各种料理，也亲手制作过各种料理之后，我对味道的感知也发生了变化。其实我还是挺喜欢做菜的，可以根据当下的心情和厨房的条件选择菜色，在脑海里构思好整个流程，随机应变地完成菜品。这个过程让我觉得很享受。味道好不好我不敢说，但至少能做出符合我个人口味的料理，也算心满意足了。更令人开心的是，做好的菜还可以跟朋友们分享。与小时候不同，长大后的我们可以自主选择跟谁吃、吃什么，似乎也让“吃”产生了更大的乐趣。

以前在家里招待客人的时候，我都习惯性地准备各种肉菜，而现在首先要做的，就是确认客人有什么忌口。毕竟现在很多人都多少有些“挑食”。

不久前，一个朋友来家里玩，说自己决定戒掉红肉了。正好家附近新开了一家好吃的寿司店，我就去打包了一份回来，围坐在一起就着烤蔬菜、炖花蛤和红酒享用。还有一次到一个崇尚纯素食主义的朋友家做客，大家各自准备了一些素食料理带过去。我做的是干炒碎豆腐和腌青椒，另一个朋友做的是什锦菜，而招待我们的主人则准备了丹贝沙拉。丹贝长得像一块大饼，酥软中带着一些酸味，据朋友说是发源于印度尼西亚的一种发酵食品，是用大豆制成的。朋友还说，在找寻各种素食的过程中发现新的美食，别提有多开心了。

我虽然比不上这个朋友，但也在不断增加饮食中蔬菜的比重，决定不再上传肉菜的照片或发布“想吃肉”之类的话语到社交媒体上。自从我开始努力控制肉食，每天至少吃一餐素食之后，在外吃饭或点外卖的概率就变低了。吃素比吃肉更麻烦的地方在于食材的保存和烹制。但好处在于，能够吃到各种时令蔬菜，赏心爽口。现在提到露营，我还是有些抗拒，虽然还是跟小时候一样笨手笨脚的，但至少能够应付得过来了。再怎么说，我也是从女童子军团历练出来的嘛。

眼看就要到夏天了，新鲜爽口且便宜的蔬菜又要大量上市了，我做出了一个新的决定：今年夏天要更“挑食”一些，吃更多的蔬菜——当然，胡萝卜除外。

小前辈们的教诲

诗诗听说我报名去学钢琴，眼睛瞪得大大地问我：

“是自愿的吗？”

看来是怕我受了谁的强迫才去的。我自然告诉她是我自己要去的。

“你弹过钢琴吗？”

看那架势，她好像是在担心我不知道练习钢琴意味着什么。算了算上一次弹钢琴的日子，发现那已经是三十五年前的事情了。对于十一岁的诗诗来说，其实就相当于没有弹过，但我还是如实告诉了她。诗诗的眼睛比刚才瞪得更大了：

“那为什么要去啊？”

其实我去学钢琴，是为了写作。这么说听起来像是我要写关于钢琴的文章一样；我自然希望以后有机会，但这一次不是。

当时我正在筹备《说话式阅读法》这本书，准备写大纲和日程安排。一边要在阅读教室上课，一边还要写书，我的心里充满焦虑。当时的我需要大量的时间和精力。其实，时间还是有办法挤出来的：虽然需要强烈的意志做支撑，但只要减少休闲的时间，规律作息就好了。问题在于精力（或者叫生产力）从何而来。写到一半卡住的时候，对写作产生倦怠的时候，要怎样维持创意常新和注意力的集中呢？

于是我做了个大胆的决定：学习一项新的东西。它应该与我的工作无关，又足以让我沉浸其中；能够给我的生活带来活力，又是我从未学习过的、与读书和写作全无半点儿关系的事情。刚好有一天，我路过家附近的钢琴培训教室，看到招牌上写着“成人兴趣班”的字样，我一下子有了灵感，没错，就是钢琴！再加上钢琴老师跟我住一个小区，还打过几次照面，于是我立刻去到钢琴教室，希望向钢琴老师咨询一下。

放置钢琴的教室气氛比阅读教室更加柔和、轻松。钢琴老师的热情招呼，让我一下子变成了孩子，还没开始就觉得心情很好。钢琴老师微笑着问我为什么要学钢琴、未来有什么计划，还问我以前有没有学过钢琴。

“学过，小学一二年级的时候……”

结果老师笑着说：“那就是没有学过呗。”

我的脸一下子变得通红。但另一方面，我又期待钢琴老师鼓励我说“成人来学钢琴这件事本身就很棒”，以及“学钢琴很有意义”之类的话，于是有点沾沾自喜地说：

“但至少……至少四十岁开始学，总比六十岁开始要好吧？”

没想到钢琴老师突然严肃起来，说：

“那倒不一定。因为六十岁的人通常会全身心投在这上面。像您这样又要写书又要学钢琴，是很了不起的，但如果学钢琴只是为了转换一下心情的话，不仅很难有进步，还会失去兴趣。所以，一定要抱着全力以赴的决心才可以。小孩子们因为父母的监督，就算不喜欢学也得学，坚持下来还是会有进步的。但是很多大人试过后，发现比自己想象的要难、要辛苦，两三个月就放弃了。这样的话我也会觉得很累。金老师，您觉得自己真的能够用心学下去吗？”

钢琴老师冷静的回答和带着一丝挑衅的追问，让我突然意识到，自己学钢琴，在某种程度上也是为了让自己看起来更酷而已。与此同时，心里也涌起一种要更努力的决心：要努力学钢琴，努力写作。“能！我一定会好好学的。”承诺说出口后，似乎也为我平添了一份力量。就这样，我的钢琴课开始了。我开始从坐姿到手指的弧度，以及敲击琴键前的准备姿势，一点一点地学习。

现在的我还没有什么资格高谈阔论，说什么学钢琴的愉悦、困难、满足、惊奇、煎熬、幸福、感慨、后悔、决心、自责、成就和激动之类的。但我想说，至少开始学钢琴之后，我的写作也获得了很大的进步。那一年里，我的日常就是早早起床后开始写作，到时间了就收拾好书桌前往钢琴教室听课（我特别想用一用“听课”这个词）、练习。下午和晚上，我就在阅读教室工作、上课。

完成书稿之后，我几乎每天都要跑到钢琴教室练习几个小时。但那琴声连我自己都听不下去，真是委屈楼下洗衣店和地产中介的老板们了。因为担心整个小区的人都知道制造这噪声的人是我，所以每次我都会特意从不同的门进出教室。冬天，我会自带一双棉拖鞋；手冻僵时放到嘴边吹一吹，焐热了再弹。虽然弹得很糟糕，我依然乐在其中，真想从早弹到晚。哎呀，我刚才还说我没资格对学钢琴高谈阔论来着……

我开始学钢琴之后，孩子们对此也有很多话要说。

诗诗每次想起来都会问我，还没“断掉（停掉）”钢琴课吗？满脸一副还不相信我会“自愿去”上钢琴课的样子。其他在学乐器的孩子也会纷纷给我建议：

“如果是看到别人弹觉得很酷才学的话，就不要抱太大希望了。”

“肯定会觉得枯燥的，要下定决心坚持下去才可以。”

“要多听才行，听听别人都是怎么弹的。”

“加油吧，之前弹不好的地方，有一天忽然就会了。”

“每天都要坚持练习。”

钢琴教室的孩子们好像也很关注我。有一次，我正在听课，有三四个孩子嘻嘻哈哈地开门进来，看到我坐在钢琴老师的身边，一脸惊讶。想必是他们在门外就听到了弹钢琴的声音，觉得这样一首初级的曲目还弹得磕磕绊绊的，没想到演奏者是这样一个年长的大人。孩子们于是安静下来，小心翼翼地整理好外套和书包，拿着乐谱走进旁边的练习室。他们一副沉稳的模样，俨然是想以前辈的身份做出表率。

我小声问老师：

“几年级的呀？”

老师也压低了嗓门说：

“二年级。他们这会儿是故作深沉呢，平常可不这样。”

比他们更大一些的孩子则更游刃有余地观察着我这

个新生。他们明明上完了课，练习也结束了，可以回家了，却一边做着些无关紧要的事情，一边旁听我上课。甚至刚刚还在跟朋友说说笑笑，一听到我准备进入最难的部分就立刻安静下来。我一紧张想要暂停喘口气的时候，他们就开始玩闹；等我开始演奏的时候，他们又安静下来。这些“前辈”真的很让人介意呢。

钢琴老师看不下去了，冲他们说：“该回家了吧？快回去吧！”但他们还是以各种各样的借口磨蹭着不走。还有一次，他们甚至跟着我弹奏的旋律哼唱起来。老师制止了他们，说：“可不能这样！”结果一个孩子嘻嘻笑着说：“这个曲子太熟悉了，下意识就唱起来了。”我也知道这种时候生气，只能说明我是个没用的大人，但还是气不过。意识到自己生气我就更气了，气得连乐谱都看不清了。

钢琴教室每两个月会办一次“小型音乐会”，就在教室里，学生们既是演奏者也是听众。老师也多次鼓励我参加，但我还是觉得太难为情而拒绝了。音乐会的日程确定下来后，会制作海报张贴，写上学生准备演奏的曲目。如果是在我学钢琴之前，一定会觉得孩子们好可爱，但如今看到上面的曲目，我成了仰慕的晚辈，忍不住感慨：“前辈们太厉害了！”

其实我也很想体验一把，所以在学钢琴三个月后，趁着学校无人的周六邀请丈夫前来，悄悄办了一场独奏会。演奏第一首曲子的时候，我觉得心脏都跳到了耳朵旁，甚至担心这么大的心跳声会不会跟钢琴声混到一起。最后演奏安可曲的时候，我真觉得人的心脏会从嘴里跳出来。演奏会结束之后，我又一次感叹，我的“小前辈们”真的太厉害了。

在那之后，我依然坚持练习，希望有一天能够把自己的演奏录成曲子。我会在乐谱上先画上十个圆圈，每练习一次，就在圆圈上画一个小把儿，把它变成一个苹果，以此来记录我练习的次数。有一次跟朋友提起这件事情，朋友笑着说：“我小时候也这么干过，不过后来都动了些手脚，没练过也装作练过了。”其实我也动了手脚。不过我是在便笺上画苹果，画满十个以后就撕掉，然后在乐谱上画五个，假装自己只练习了五次。因为我想在老师面前表现出明明没练几次，却也可以弹得不错的样子。不过，老师的耳朵可不是能够轻易糊弄的。

“弹得太棒了！不像只练了几次的水平啊，您是不是熬夜练习了呀？”

我虽然知道老师这么说是为了鼓励我，但又觉得自己的努力好像被人揭穿了一样，有点儿难为情。我想给老师留下个好印象，却又害怕老师觉得我“这么努力才这个水平”，所以很难过。学的时间越长，我越是觉得，要是从小就开始学钢琴该有多好！如果当时家里有一台真钢琴，而不是一张钢琴键盘纸，练习起来会不会更有趣呢？我手指僵硬，也不太会看谱（眼睛也有点儿花了），还不敢挑战新曲目。这时老师说了一番令人振奋的话：

“孩子的手指确实比大人的手指更灵活，但是成年人更能从理解音乐的层面感受乐趣。因为知道这是一首什么样的曲子，大致的走向是什么。”

这让我很受启发。开始学钢琴以后，我对钢琴曲产生了更大的兴趣，耳朵好像也变得灵敏了一点点；以前只是觉得演奏动听，现在能感受到演奏技艺的高超，内心赞叹“太精彩了”“太绚烂了”。但这也让我有些挫败感：

“问题就在这里啊，老师。我的耳朵能够辨别演奏的好坏，我的手却弹不好。所以我的耳朵比我的手更痛苦。”

这时我会想起“小前辈们”的教诲：“加油吧，之前弹不好的地方，有一天忽然就会了”“要多听才行”“每天都要坚持练习”“要下定决心坚持下去才可以”……果然俗话说的都没错，我长长叹了口气。

莫大的安慰

一天上完课，外面下起倾盆大雨，我便把没带伞的夏夏送回了家。回来的路上看到一个孩子淋着雨走在路上，脚上穿着袜子和拖鞋，应该是出门时没预料到会下雨。

平日里，我就告诉阅读教室的孩子们，要对陌生的大人保持警惕，交代他们："如果在路上遇到老师（我）开车经过，对大家说'谁谁谁，老师正要去你家呢，上车，我送你'，那也不能上车。就算是认识的人，就算是老师的车也不能随便上。"所以这一刻，我也犹豫了。如果我给这孩子撑伞的话，会不会吓到他呢？又或者由我造成他日后对陌生的大人失去戒备又该怎么办？但雨下得太大了，由不得我继续犹豫下去了。于是我先给他撑起伞，然后说：

“你好啊，小朋友。我是前面阅读教室的老师。虽然不知道你要去哪儿，但我可以撑伞送你一段路，好不好啊？这雨下得太大了……”

面对面站着时我才发现，孩子的怀里揣着四年级的习题，看样子像是刚从学习室回来。孩子一开始有些意外，但还是说了一句“谢谢”，算是接受了我的提议。不管是语气还是举止，都有些小心谨慎。我内心还是很想跟孩子闲聊上几句的，但努力忍住了。一方面不想吓着孩子，另一方面又怕孩子因为我太过放松警惕，所以这时沉默就是最好的选择。我不太熟悉孩子的步幅，所以故意把脚步放得很慢；孩子似乎也是同样的想法，不紧不慢地走着。耳边只有雨声和脚步声。

走到分岔路口的时候，雨势还是很大。

“我要往这边走了，如果你愿意的话，我可以陪你多走一段。或者你把雨伞拿去，过后再还给我也可以。”

孩子犹豫了片刻说道：

“那……麻烦您送我到人行横道那里吧。”

“好啊。”

随后耳边只剩下了雨声。如果把雨伞举到适合我的高度，就会打湿孩子的肩膀，所以我把雨伞向着孩子倾斜了一些。我们之间保持着一些距离，所以每次遇到小水洼的时候，我俩都有些犹豫：有时我靠过去，有时他靠过来，我俩朝着最方便的方向靠拢。越过水洼后，又恢复了原本的距离。走到斑马线前，我问他：

“过了马路离家还远吗？”

“不远，过了马路就到了。就在 ×× 小区游乐场的……”

我赶紧制止了他：

“不能随便告诉别人你家住哪儿，所以我也不送你到家门口了。我就陪你过马路，把你送到小区门口吧。”

“那这样您岂不是要走很远？”

这孩子还挺体贴的呢。

“反正回家的路口已经过了，我就顺道去一趟图书馆吧，你觉得怎么样？”

“那太感谢了。”

就这样把孩子送到小区门口后，孩子冲着我略显生涩地说了一句“请留步”（啊，留步？我也是要回家的呢），就迈着轻快的步子跑开了。我也顺着原路回了家。虽然淋了些雨，但是至少没有吓到孩子。虽然看到孩子淋雨有些心疼，但同时也有些欣慰——不对，说实话，我实在太高兴了，高兴到喉咙里发出了怪声。

这让我想起很早以前的一件事。有一次跟家人乘坐城际公交车从游乐园回来——记不清几岁了，只记得自己坐在爸爸或妈妈的膝盖上，所以肯定是年纪很小的

时候——坐了几站之后，乘客渐渐多了起来，以至于座位边上的乘客都没扶手可抓，只能撑着玻璃窗站着。我们座位旁边有个年轻人，用手掌顶住玻璃窗，腰背用力地支撑着身体。他看了我们一眼，低声说了一句：

“我怕压着孩子……”

我很清楚地记得，那是车厢左侧的玻璃窗边，那个年轻人瘦瘦的，穿着短袖衬衫。素未谋面的人竟然为了保护我这么努力，这让我有些讶异。一个父母、姨妈、叔叔、老师以外的人这样照顾着我，让我意识到自己是不能被压到的，那种感觉我至今还清楚地记得。我也希望我撑伞送回家的那个孩子能够意识到这一点，意识到自己不该被雨淋着——不，这或许有些贪心了，我只希望他觉得自己当天运气好，不用一直淋雨就好了。就像易易一样。

易易是我认识的孩子中最挑剔的现实主义者，不喜欢看那些“读了很久后才觉得有趣”的奇幻作品，而是喜欢阅读推理故事，享受猜测谁是罪犯的乐趣。他还说，要自己编故事特别难，但是写起个人意见来，时间和作业纸都不够用。例如，对于“兴夫与诺夫”[1]的故

1 韩国童话故事，讲的是哥哥诺夫自私贪婪，而弟弟兴夫善良勤劳，最终善有善报、恶有恶报。

事，易易评价兴夫“不够独立”。让他虚构一个国家并拟定公休日的时候，他会把调休也考虑进去（在易易的国家里，每个月的月末都是公休日，如果月末刚好是周末的话，就要调休。我个人是非常赞成这个方案的）。让他自创俗语的时候，易易写的是“不看的书就别买——杜绝浪费”。虽然易易没有针对我，我还是有种中枪的感觉。还有一次，易易看到阅读教室里的花，有些不太高兴地问我：“花很快就谢了……不觉得可惜吗？”

“没人欣赏就谢了才可惜，这些花有老师欣赏，其他的同学也会欣赏，所以不可惜呀。老师认为，能够欣赏和享受到美丽的东西，花点钱也是值得的。而且，看花慢慢凋谢也很美，也是一种体验。”

这样解释之后，易易也能很快接受。每次易易被说服时，脸上都有一种独特的表情。对于他来说，“运气好”是这样的：

易易说，给自己补习英语的课外老师讲课讲得很好，难点讲解也不在话下，就是比较严肃，还常常布置很多作业。五年级的易易之前没怎么学过英语，也自知要加倍努力才可以，所以就算辛苦，也要全力以赴。有一次，他因为跟家人去旅行，回来后要在星期天补课，所以去到英语老师家楼下，上电梯时不自觉地长叹了一口气。

“结果我旁边的一个阿姨——我觉得是阿姨，也有可能是奶奶，总之那位女性是第一次见我嘛，当然也有可能之前见过——看我周末还背着书包，觉得有点儿奇怪，就问我：‘是去学习吗？’我回答‘是的’，结果她说‘今天是星期天还要学习，这么辛苦呀’。”

听到这里，我忽然有些担心，生怕易易听到陌生人这么说会觉得不对劲甚至不高兴，于是我问他：

“听到这话你怎么想？”

“该怎么说呢……给了我很大的安慰。觉得那天运气真好。”

易易说自己得到“很大的安慰”的时候，把右手放在胸前。我之后还时常想起那个情景。一方面是因为，看到了易易与平时不同的一面；另一方面是因为，这件事让我重新认识到，对于孩子来说，大人既是环境也是世界。

在小区附近的饭店，看到老板主动问带着孩子来吃饭的客人需不需要单独的小碗；在小区里，看到住在楼下的老太太主动帮推着自行车的孩子把着门。每当此时，我都觉得很开心，因为看到大人们给孩子留下了这个世界很美好的印象。

而孩子们也会把这份善意回馈给大人。有一次，在一楼电梯前偶遇幼儿园的孩子们。狭小的空间里，环境很是嘈杂，孩子们拉着排队牵引绳等待着老师的指令，像是古装剧里被麻绳绑成一串的小犯人（幼儿园使用牵引绳是基于孩子安全方面的考虑，把孩子比喻成一串小犯人确实有些不妥，但自从上次我丈夫看到这一场景开了这么一句玩笑之后，我就忘不掉这个生动的比喻了）。

其中一个孩子注视了我半天之后，好像突然想起来我是谁似的，大声说了一句“您好”。我虽然不认识这个孩子，但也用与之相当的语调回礼，说了一句“你好”。这好像打开了孩子们身上的开关一样，牵引绳两侧的孩子们突然纷纷冲着我打起招呼来，“您好”的声音此起彼伏。好不容易一一回礼，正要离开的时候，最后跟我打招呼的孩子问了我一句：

“请问您是谁呀？”

孩子们就是这样，不知道对方是谁，依然会主动打招呼。还有比这更美好的善意吗？

童话《埃米尔和侦探们》里的一个人物，正是我最想成为的大人，他就是作者凯斯特纳以自己的名字命名的记者。埃米尔与朋友们历经冒险，最终抓住小偷的时候，凯斯特纳作为采访记者出现在了故事里。采访过程中，记者凯斯特纳从埃米尔口中听到一个令人吃惊的事实——他自己竟然也是埃米尔冒险故事中的一员。原来埃米尔在火车上遭遇小偷、付不起车票钱的时候，是一个路过的绅士为他支付了车票，而那个绅士就是凯斯特纳自己。我最喜欢的部分在于，凯斯特纳一直到故事的最后，都不知道自己在埃米尔的冒险中扮演了什么角色，他甚至都没有认出埃米尔来。他对孩子小小的善意——已经被本人遗忘的善行——带给孩子继续冒险的机会，也让自己光荣地成为那故事的一部分。就算这件事情只是发生在小说里，我依然非常羡慕凯斯特纳。

只不过仔细想想，这件事恐怕只能羡慕，很难模仿。因为要成为如此帅气的大人，必须在做完好事之后，将自己忘得一干二净，而我没有这样的信心。我的心胸还太小，做不到这一点。对于我来说，我恐怕还是会不断地想起那突如其来的大雨中发生的事情，想起那个与我一起撑伞的沉稳的孩子，然后一次又一次沉浸在当时的心情里。我的喉咙里不由得又发出奇怪的声音了。

这是爱吗？

我很努力地避免用“爱”来教育孩子。这听起来似乎有些古怪，我也曾想过这句话有没有更委婉的说法，但最后还是决定就这样吧。把它写下来之后，我瞬间如释重负。

但是如果有人因此说我冷酷无情，这会比其他任何误会都更让我难过。因为我是一个对感情不计代价的人，很容易喜欢上什么人或者什么东西。而一旦喜欢上以后，就不计后果地无限投入感情，即使这种感情并不总能获得回报。但其实，我一开始付出的时候也并没有期待什么回报。虽然常常因此受伤，但如果非要说我有什么美德的话，那就是即便受了伤，也不会去埋怨对方——虽然这“美德”其实也只是感情丰沛的人经过生活磨砺后的产物罢了。

然而这样的我，却不想用“爱”来教育孩子。首要的原因，就在于我的教学是收费的。这些孩子和父母选择了我，而我从他们身上收取授课的费用。在这样的情况下，如果我用爱来教育这些孩子，就意味着，我收下的是钱，给予的是爱。那岂不是说，如果有一天孩子们不上我的课了，我就得终止给予他们任何爱了吗？因为如果继续给予他们爱，不就对那些付学费的孩子不公平了。这么一来，这笔账怎么算都很奇怪，而试图算清这笔账的我就更奇怪了。因此，付费的课程不能掺杂爱的成分。这是我的职业道德。

我不能投入“爱”的另一个原因，是为了保护我自己。因为我只是感情丰沛，那并不意味着我人格高尚——这句话同样也没有委婉的说法。爱要投入感情，而感情这种资源，就算再怎么丰沛也有见底的时候。一旦用爱来对待孩子，那么对感情投入不计后果的我，很快就会面临感情“枯竭”。再加上，万一哪个孩子伤了我的心，我可能无法坚持下来，毕竟我的人格还没有那么高尚。我并不觉得这样的性格有什么值得骄傲的，但至少我不能因此美化自己。

要用“理性”来教育孩子——这是我为自己树立的企业理念，也就是尊重每一个孩子，帮助他们获得精神成长，并懂得适时分别。我相信，只要坚守职业道德，真诚以待，就算不投入“爱”，也能收获成果。我不去思考我爱不爱孩子，更加坦率地说，是我努力让自己不去思考这个问题。对于我来说，“爱”太宏大、太艰深，又太郑重了。所以我一直告诉自己要小心谨慎，以免在不知不觉中显露了真情。

所以，有时看到孩子写来的信和卡片里写着“亲爱的金昭荣老师”，我都会觉得心脏好像突然膨胀了一圈。“亲爱的”这种表述真的可以用在我身上吗？应该只是客套性的表达吧？写给跆拳道教练或者姑妈的时候也会这样吧？不要过分解读了。但我一边这么说服着自己，一边还是会注视着“爱”这个字出神，然后换个角度把信拍下来，把卡片贴到书桌前，最后瞪大眼睛，提醒自己：要用理性来教育孩子！对待孩子要理性……“亲爱的”这种话只是客套话……跆拳道教练……对待孩子要理性！

当然，我还是有一些野心的。我的身份虽然不适合分享爱，但是可以分享友情啊。想到这一点的时候，我被自己的机智给折服了。可不是嘛！友情虽然不如爱来得深刻，却也是人生当中不可或缺的呀。而且与爱相比，友情的距离感要稍大一些，用来形容我们之间的关系再合适不过了。我还想到“把友情分享给孩子”的口号，听起来朗朗上口又很酷。

不过，当我把这句话写进日记本里的时候，一个问题浮现了出来：互相给予友情的两个人，关系应该是平等的，但我和孩子们真的平等吗？我向来觉得“像朋友一样的老师”这种形容并不适合我。我教给孩子们如何阅读和思考，如何把感悟转换成话语，把话语转换成文字。在这个过程中，知识从我流向了孩子们——毕竟我掌握的知识要更多一些。当然，我只是教会孩子们运用自己的能力去思考，但至少我在“教育”孩子。这件事情是毋庸置疑的，就算把这个动词换成“引导”或者“帮助”也改变不了这个事实。在教育的过程中，我掌握着更多的权力。要想把孩子教好，就必须承认这一点，并用好手中的权力。

所以到头来，我能够成为一个让孩子们感到亲切的老师，却不能成为一个“像朋友一样的老师”。可刚刚我还说要用“友情”定义我跟孩子们之间的关系，现在不可能推翻自己的说辞了。那么，完善这套逻辑就只剩下了最后一环：孩子们是否可以把我看成一个“朋友”呢？不是什么“像朋友一样”，而就是“朋友”，成为孩子们眼中“亦师亦友”的一个人。这样的话，我就可以在平时跟孩子们做朋友，只在上课的时候当老师。于是我开始在记忆中仔细搜寻孩子们把我看作朋友的证据。

像是孩子们总是慷慨地送我东西。例如，贤贤坚持把在课外活动课上精心制作的蜘蛛侠（贤贤最喜欢的角色）立体纸模型送给我——就算我再怎么谢绝也没用。模型上蜘蛛侠拿着“终身禁烟宣言”的标语。我让他把这个标语带回去，结果他留下了一句模棱两可的话：“不了，反正我是不会抽烟的，不需要。”“反正”？闵闵的包里总是放着些吃的，如果吃到什么新鲜的零食觉得味道还不错，就一定也会给我一份。但有时候，他装零食的袋子皱成一团，让我有些不敢打开。艺艺亲手制作了一些狗尾巴模样的书签送给我，说是因为我喜欢狗。世世在学校运动场里找到四颗“幸运豌豆”（据说雨天种在土里就会变成一条龙，或长成通天的巨树），特别大方地送了我两颗。这些不都是朋友之间才会做的事吗？

孩子们也很乐意跟我一起做些什么。例如，浩浩特别喜欢画大幅的画。有一次，我小心翼翼地问他：“下课前能画完吗？”结果他说：“等我把这里、这里涂完以后，老师您把这里和这里涂完就行了。”他好像一开始就跟我商量好了分工一样。明明刚才和我还是学生和老师的关系，突然间就变成组长和组员了。夏夏每次写文章的时候，也会让我一起写，说是写完以后要跟我

交换。据说，夏夏跟家人去哪里玩吃到好吃的，也会让家人“买一份给金昭荣老师”。我也因此有幸吃到各种名店的面包、奶茶和蛋糕——我自然很高兴，但是面对夏夏的父母时还是有些不好意思。亚亚识字后开始自己阅读的时候，会拿着最喜欢的书来找我，给我读上几句，然后抬头望着我说：

“要跟我一起读吗？”

这样的提议也太可爱了吧！

最近还发生了这样一件事情。刚刚换完乳牙的熙熙，皱着眉头向我描述那颗牙齿是怎么拔下来的：

“医生一直摇那颗牙齿，它快掉下来的时候我特别紧张，那种感觉老师你也知道吧？”

她问的不是“你还记得吧”，而是“你也知道吧”。我好像一下子回到九岁，附和道：“那当然啦！”后来回想，我最后一次拔的牙是一颗智齿，那都是十几年前的事情了，而且当时还打了麻药。但不管怎么说，那种紧张的心情是一样的。

英英听我说害怕打针，就说起自己去打预防针的经历，还一脸认真地问我：“老师打针的时候也会哭吗？”关系都到这份儿上了，说孩子们把我当成朋友也不为过吧？

因为新冠疫情，学校延期开学，阅读教室也歇业了好几个月。见不到孩子们的时间越来越长，我也开始担心起来。对于幼小的孩子来说，几个月该多么漫长啊！孩子们渐渐习惯新的生活之后，把我彻底忘了该怎么办？跟家长们倒是会通过信息和电话互致慰问，那是不是也该偶尔给孩子们打个电话呢？想来，我好像光是听到孩子们的声音就会忍不住哭出来——毕竟我的感情投入太无节制，完全有理由这样。

在这个过程中，之前与我合作过一个长期项目（商业机密不能透露名称）的孩子，高兴地给我发来一条信息，说自己独立完成了项目，看来并没有忘记我呢。光是看到信息就让我鼻子一酸，要是打了电话，情绪恐怕更难控制了。借此，我还意外地认清一个事实：孩子们与我之间是否有“友情”可能还有待商榷，但在“爱”这一点上，答案已经显而易见了。在我嘴上说“以理性教育孩子”云云之时，爱已经在心里流淌着了——从孩子身上流向我的心里，从爱更丰沛的一方流向更需要爱的一方。要不是这样的话，我心里的爱又怎会如此充盈呢？我好想念孩子们啊！

选择活着

讨论生死对我来说似乎是一件逾越分寸的事情，倒不是因为觉得它太过神圣或有违禁忌，只是觉得要谈论它需要更多的知识，或者干脆懂得再少一些。所以这几天，我一直努力让自己不去思考这个问题。散步、看电影、做饭、打扫卫生、洗衣服，继续散步、洗澡、听歌，接着散步……但无论我做什么，眼泪都不听话地一直往外流。于是我决定把这些思绪写下来，即使我还不知道这些文字会如何收尾，又是否可以展示在众人面前。

跟许多人一样，我也有过想死的念头。

并不是我刻意要含糊其词地提及这一段艰辛的岁月，只是不知道是因为我的心太脆弱，还是因为情况本身就严重至此。总之，在二三十岁的时候，我的日子过得很辛苦，情绪消耗很大。一个比我年长的朋友不忍心看我这样憔悴下去，约我出来吃饭，席间借用一句电视剧里的台词问我："你也希望心脏能变得像石头一样坚硬吧？"是的，我想成为一个感情迟钝的人，也曾希望晚上躺下以后，早上就不再醒来。但是，"想死"这件事情截然不同，因为它意味着自己主动结束生命。

有一次下定决心赴死的时候，我就站在阳台上。当时我正租住在一个熟识的姐姐家里。因为姐姐把我当作"室友"，所以我可以自由使用厨房、客厅和洗手间，但真正属于我的，就是一间小小的卧室。大白天我躺在卧室里，一连几个小时思考着同一个问题，想来想去还是找不到答案，便走到我房间的小阳台上。这个小区里都是些老旧低矮的公寓楼，充满了暮冬独有的抑郁感。寒风算不上凛冽，却也不容小觑，会顺着缝隙悄悄钻进衣服里。我蜷缩着坐在地上，呆呆看着外面摇曳的树枝，突然涌现出了那个想法。但就算从这里掉下去，也死不了吧？毕竟才不过四楼而已。那怎样才死得了呢？之后的各种念头，还有赴死的冲动都太过具象，以至于情感在此时无法发挥任何作用。可能正因为如此，关于当时的记忆才如此鲜明，直到十几年后的今天还历历在目。

不管我如何隐藏或试图否认，都有一个问题长期困扰着我。好不容易正视它的存在，我才发现它已如此严重，却又找不到出路，好像被困进一个四面封闭的死胡同。当时的我很害怕“家人”“花”“回忆”“祝贺”之类与幸福相关的词语，因为每次听到我都觉得心脏被狠狠扎了一下。而与不幸相关的词语则激不起一点儿涟漪，因为我已经生活在不幸之中了。我每天都觉得喘不过气，一想到余生都要生活在这样的状态下，就觉得极度恐惧。人们总是对深陷绝望的人说要鼓起勇气，但现实远比想象中困难。至少对于我来说，活着比死去更需要勇气。我就在那个阳台上，在寒冷与恐惧中颤抖着问自己：我还剩下什么勇气吗？没了。空空如也了。

不过，当时的我有两件幸事。第一件幸事，阳台只有四层楼高，让我有机会再三思考；第二件幸事，我在思考中想起了一个会向我伸出援手的人。我的勇气不足以支撑我活下去，却足以让我抓住那只手。最重要的是，我还有机会选择是活着还是死去。

而我最终选择了活着。

*

这些尘封的记忆被重新唤醒，是因为我读到了一篇关于五岁孩童死亡事件的报道[1]。报道中说，这个孩子从三岁开始就惨遭虐待，施暴者是与孩子母亲同居的男子。后来孩子母亲报了警，孩子随即被送到未成年人保护机构，孩子母亲也被安置到妇女庇护所。可是，孩子母亲在离开庇护所后，便与该男子结了婚，施暴者转眼成了孩子的继父。禁止男子接触孩子的人身安全保护令刚到期，男子便去保护机构接走了孩子。报道中不吝笔墨地描写了那个男子不幸的童年，还有想让孩子“在父母膝下”长大的决心。但在我看来，关键的事实只有一个，在遭遇暴力时毫无还手之力的五岁儿童，被送回到施暴者身边。

回到家里的孩子遭受了美其名曰“管教”的残忍责罚。饿着肚子，还要被男子用木杖打数百下，跟狗一起被关在卫生间里，不省人事的时候身上还绑着绳子，最后因为腹腔损伤而死亡。检察机关建议法院对施暴男子处以无期徒刑，但法院认定男子幼年父母离异，而且曾经遭受暴力侵害，应当从轻处罚，最后只判了二十二年的有期徒刑。也就是说，即便造成了死亡这样无法挽回的悲剧结果，法院依然向施暴者施以同情；即便服满了

1 韩国《中央日报》2020年5月23日的一篇报道，题为《五岁儿童被继父虐待致死：虐待的“遗传”，小儿子日记本里的“怪物爸爸”》。——原注

刑期，施暴者依然可以在中年就恢复自由。

用施暴者年幼时的遭遇来为他的罪行开脱，事实上是对受害幸存者的侮辱。这种认为“虐待会代际传递”的观点，是一种陈词滥调，无异于为犯罪者的狡辩发声。这也相当于断言：那些努力想要开始新生活的受害者在未来的某一天，也会“因为不幸的成长经历而犯下罪行”。家人不能虐待孩子，就是因为虐待会让孩子肉体疼痛、尊严尽毁、心灵受损。光是这一点，足以成为充分的理由。对于施暴者的残忍行径，除了“罪恶”，我想不到其他的定义。至于他犯下恶行的来龙去脉、故事的起承转合，我并不想知道。我只是希望他能够得到应有的惩罚。

我所关注的——在吃面吃到一半的时候、晾晒衣服的时候、在人行横道前等待的时候，让我在不经意间陷入沉思的——是那个五岁孩子的人生。

我不想说“每个人都是最珍贵的存在”之类的话。因为我所接受过的教育告诉我，人就是人，不能用是否珍贵去衡量；人的出生并非一种自我选择，因此每个人都是世界的一员，享有同等的资格。在那篇报道的网友评论里，有人说孩子“还没来得及绽放”，我很理解说这句话的人心里的那种惋惜，但我觉得这个比喻并不恰当，这不是我所认识的人生的样子。在我看来，人生并不是一个抽芽、含苞、绽放，然后凋零的过程。也许我们在日后回首之时，会发现人生确实经历了类似的阶段，但只要我们还活着，人生的每一个瞬间都同等珍贵。换句话说，即使是五岁的孩子，也跟我们一样，是同等“绽放”的一个人。

我总是不自觉地去想，那个五岁的孩子叫什么名字，长什么模样，说话的声音如何……或许只有知道了他喜欢什么颜色、看什么漫画、爱吃什么，才能勾勒出他生活的样貌。可随即我又想到，或许他从来就没有得到过这些东西。这个念头让我有些害怕，也不敢细想下去。可我又忍不住斗胆去设想，那个孩子是想要活下去，还是想以死解脱？

一个人在夜里散步时，我哭得不能自已。原本觉得哭泣只是一种自我感动，以为散步可以抑制想哭的冲动，然而还是徒劳。这个世界为什么会有这样的事情？为什么有人可以如此邪恶？为什么法院明知道这样的事情并非第一次，也不会是最后一次，还要做出对他有利的判决……我怎能不带怨恨地在这样的世界活下去，又怎能不诅咒这样的世界？此刻，许多孩子依然在以不同方式活在这个世界上，他们又该如何是好？无论我一个人鄙夷也好，一个人热爱也好，这个世界依然如故，某些人依旧活着。

那个五岁的孩子死在他人的手上，甚至没有自我选择生死的权利。而我可以选择活着。问题的解决任重道远，因此从某种程度上说，我们每天都在做选择，选择活下去。不管你是否曾经像我一样，面临过选择生死的瞬间，但只要这一刻活着，其实就已经做出了选择——选择活着。那么选择活下来的人，是不是该做些什么呢？不管用什么样的方式都好。因为选择了活下去，就意味着要向前迈进；而要向前迈进，就不能逃避，得迎难而上、奋勇抗争。这才是选择活着的意义。

我为这个孩子祈祷冥福，希望他离开的路上，会有一双超凡慈悲的大手抚慰着他。我希望天国真的存在，在那里，孩子可以享用美食，尽情玩耍，成为幸福的人。

请把袜子领回家

每次上完课，把孩子们送走以后，教室里都是一片狼藉。我本来课间整理过，但还是这样。为了跟孩子们挑选下周要读的书，从书架上抽出的书散落了一地；平日里陪孩子们一起读的神探狗狗和佩蒂（他俩都是戴夫·皮尔奇的童话书《神探狗狗》系列[1]里的主人公）玩偶，以一副“哎，总算下班了”的姿势躺在沙发上；桌子上就不用说了，连椅子上都摆满了各种文具、书籍、作业本、素描簿，有时还有彩色纸、固体胶和剪刀，等等。每次等孩子们走后整理现场时，我都会惊叹

1 戴夫·皮尔奇（Dav Pilkey）的 *Dog Man* 系列，在中国译作《神探狗狗》。

一个孩子在一个小时之内竟然可以把一个屋子弄得如此凌乱。换作我，光是弄乱东西就已经精疲力竭了。他们怎么还能那么精力旺盛呢？可能因为晚上睡得很香吧。

整理过程中，我不时会发现孩子们遗落的物品，通常是他们最先从包里掏出来的，也就是最想炫耀的东西。最后被书啊、纸啊的盖住，回家的时候就落在这儿了。有他们放学后在教室里制作的水晶雪球、过生日时收到的乐高玩具，以及印着可爱狐狸的暖宝宝等。最常被落下的是橡皮擦。不知道为什么，从孩子们落下的橡皮擦上，我总是能感受到某种历史感，就算是被磨损得很厉害又平平无奇的橡皮擦也不例外——握在手里有一种温暖的感觉。我会在这些小东西上贴上主人的名字，放在显眼的位置，方便孩子们下次来时把它们领走。

也有些东西不好贴名字——发现的时候令人忍俊不禁，又出乎意料地常常被发现——袜子。有一次，一个孩子说，“妈妈说穿袜子是礼貌”。这么听起来，大概他们自己是不太愿意穿的，说不定还跟妈妈爆发过一场拉锯战：一方说，进教室要脱鞋，不穿袜子的话不礼貌；另一方说，穿着袜子不舒服。总之，最后上课上到一半时终于忍不住脱了。

有的孩子会把脱掉的袜子立刻放进包里，有的孩

子会把它们叠得整整齐齐后摆在鞋边（最后若无其事地穿上回家）。这样的孩子是不会把袜子落下的。那些随手脱下，任凭袜子里面翻出来的孩子，通常走时也“嘻嘻哈哈”地光着脚跑了。可是，我把这些被落下的袜子捡起来翻正，也不能直接展示在外面啊！我只能装进纸袋，跟其他的物品一起放在显眼的地方，等着下周它们的小主人过来认领。在那之前来的孩子们会好奇地打开来看看，然后忍不住哈哈大笑。当事者却毫不在意。

有一次，允允把自己的阅读笔记落在这儿了。那是一个小小的笔记本，里面用序号记录着自己读过的书，还有简短的一句话书评。它是我特意为孩子们准备的，用来取代孩子们讨厌的“读书清单”。收拾的时候我还想，这周笔记本不在身边，允允一定很开心，因为可以休息一周了。没想到下一周允允来上课时，看到笔记本特别开心。

“原来在这里啊！哈哈，怎么找都找不到，没想到在这里，太好了，找到它了！”

允允说，自己把学校和家里都找了一遍。我还理所当然地以为允允知道笔记本在这里，看来是我失算了。

“对不起，老师应该发条信息告诉妈妈的。”

允允说没关系，还给我展示了一下她的新笔记本。新笔记本的大小跟原来的差不多，上面记录下了允允过去一周读过的书。我还以为她会偷懒呢，真是太过意不去了。允允把新笔记本上的笔记重新誊写到原来的笔记本上，然后立刻把它们塞进包里。课后，允允的妈妈来接她时，我提起这件事，结果她悄悄告诉我：

“我告诉过她应该是落在阅读教室了，让她别担心，可是她急得直跺脚，说一定要找到。说是老师只有三本，给了她一本，还说这本是她亲自挑的，一定要找回来才行。我说给老师打电话问问，她说绝对不能打。哎哟，幸好找回来了。”

事情是这样的：当时我手上正好有三个笔记本，大小一样，画着同样的一群角色，只是封面和内页的设计略有不同，我就把它们拿出来给允允看，让她挑一本自己喜欢的，一本留给第二天要来的孩子，剩下的一本我自己用，说就咱们三个人分着用。挑选笔记本的时候，我还觉得允允好像露出一副“有必要这么认真吗……”的表情，没想到这个笔记本对她来说竟这么重要，看来我又猜错了啊。要是笔记本也不在这儿的话，允允会不会怕我失望，所以才绝不让妈妈打电话呢？希望也是我猜错了。

说到遗失珍贵物品时的惊慌，我脑海里最先浮现的是一个圆圆的零钱包。它周身雪白，只有拉链是红色的。在那之前，我还没拥有过这么精致的钱包呢。当时姐姐的所有东西看起来都比我的要好，连这个钱包也是她用过之后送给我的，但我非常非常珍惜它。十岁的我正好可以把它一手攥在掌心，大小刚好能够放下一些硬币。但平时也没有多少硬币可以放进去，所以，我常常用它来装各种小杂物。

我至今还能找到当年遗失零钱包的地点。从教堂回家的路上有一栋大房子，围墙上有四方形的镂空设计，偶尔会看到一只狗从洞里探出头来，不爱叫，只是静静地看着路人经过。看到狗的时候，我也会停下脚步，站在稍远一点儿的地方看上一会儿再回家。当我意识到零钱包丢了的时候，我正好经过那栋房子，整个人瞬间像冻僵了一样，顾不上看狗有没有探出头来了。在教堂奉献的时候，我是从零钱包里把钱掏出来的，所以在教堂的时候零钱包还在，那就只要仔细找一找教堂到这栋房子之间的路段就好了。于是我瞪大眼睛走回教堂。可是没有！我在教堂和房子之间往返了好几次，连电线杆后面都翻了个遍，还是没找到。当时的我已经十岁了，所以应该没有哭吧——说实话我也不太确定。在那之后，再也没有哪个钱包能像那个零钱包一样称手了。

同样让我心疼的还有一条围巾。那是姨妈送我的礼物，跟帽子是一套的，都是橘黄色的。帽子上有一道粗粗的蓝色条纹，围巾的两端各有两道细细的蓝色条纹作为装饰。不管是颜色还是触感我都很喜欢。不过我觉得，自己不太适合戴帽子，又觉得，把帽子和围巾配成一套戴出去有些怪怪的，所以通常都把帽子放在家里，光戴着围巾出门。结果，在一次学校组织的团体活动过后，我不小心把它落在公交车上，直到回到家后才想起来。我把帽子从抽屉里拿出来呆呆望了好久，心想，要丢的话把帽子弄丢了也行啊，为什么偏偏是围巾呢……顿时，我觉得有些鼻酸。

之后自然也是常常丢东西，如钱包、雨伞、丝巾。虽然比不上童年时的零钱包和围巾，但有的东西弄丢了，我每次想起来还是会心疼。仔细想想，可能正是因为太过喜欢，太常带着出门，它才更容易丢失的吧。但是，我们也不能因为害怕弄丢，就把喜欢的东西藏在柜子里。倒不如让它多陪伴自己外出一次，拿它多向别人炫耀一次，多抚摩它一次。那些丢失的物品或许也在某处等待着它接下来的命运吧——遇到新的主人，或者就在原处迎接生命的终结。即使概率渺茫，丢失的物品还是有机会回到主人身边的，所以我仍会怀抱希望。

这周，艺艺把白色外套落在了这里。那是一件很适合下雨天穿的夏装。“昨天天气还特别好呢！本来今天要去小菜地体验农活的，没想到下雨去不了了，身上还背着一堆课本，可重了。再穿上这么长的外套，好热呀。”艺艺一边抱怨着，一边把外套脱了下来，结果就给忘了。因为是夏天，我又忘了拿外套，就把艺艺送回去了。后来通知了艺艺妈妈之后，我把外套叠好，刚准备把它放进纸袋，才发现就算是夏装，也太小太轻薄了。

“我爸爸的朋友去做核酸检测了。如果是阳性，爸爸也要去做检测。所以我特别害怕，在家也戴着口罩。然后我还穿了那个，叫什么来着，那种白色的衣服？（防护服吗？）对！我有一件跟那个差不多的衣服呢。白色的，很薄。然后，我就把那件衣服穿上了，还穿了白色的裤子，戴上了手套和墨镜，把自己包裹得严严实实的。后来听说爸爸的朋友没感染，我才松了口气，就把它们都脱掉了。”

大概艺艺上周说长得像防护服的就是这件外套吧。艺艺说的时候笑嘻嘻的，我也跟着笑了。但同时，我也跟艺艺一样庆幸，那只是虚惊一场。十二岁夏天的这场风波一定会跟这件外套一起，印刻在艺艺的脑海里吧。我突然不想把这件衣服叠起来了，而是用衣架把它挂了起来。它看起来小小的、轻轻的。

别人家的大人

小时候认识的朋友会在某一瞬间看起来与以前不同了。十岁、十五岁的时候还跟自己一起上学、一起玩耍，转眼间彼此的生活就变得如此不同，共性便只剩下年龄了。我想，那是因为二十岁以后，各自走上不同的工作岗位，遇到不同的人，走过不同的路，思考的问题都不同了。这样的结果也是必然的。我觉得，一方面现在的关系太过生分；另一方面，这是各自成为“社会人”的结果，不免又有些自豪。偶尔，我还会故作深沉地说一句：恐怕这就是成年人的世界吧。但成为“母亲”或许另当别论。在朋友照顾孩子的时候，担心孩子的时候，我似乎插不上话。

还有朋友甚至抱着“要生过孩子才算成年人”的观

念，和我渐渐疏远。然而，我每次看到成为母亲的朋友时，最常浮现在脑海里的念头却是："天哪，她是什么时候学会这些的？"特别是在给新生儿喂奶、穿衣、洗澡、哄睡的时候，我都全程惊讶得合不拢嘴。她以前就这么灵敏吗？她以前就这么手脚麻利吗？她以前胳膊就这么有力吗？她以前就这么果断吗？有一次去朋友家做客，吃饭的时候，她家的孩子总是盯着辣椒酱不放，要伸手去抓。朋友一直制止，但一不留神，孩子就把辣椒酱塞到嘴里，辣得大哭起来。朋友立刻把孩子抱在怀里，一边给他洗脸，一边哄他："妈妈对不起你，妈妈应该把它收走的，是妈妈不好。"我有些吃惊，同时回想着，她以前就是这么容易道歉吗？

我不知道是不是要成为母亲后才算成年人，但成为母亲后确实会展现出有别于从前的模样。一个朋友看到自己的孩子摇摇晃晃地走过来扑到自己怀里，高兴得一边轻拍着孩子的背，一边嘴里念叨着"哎哟，我的乖宝宝"。看到这一幕，我的心情真的很微妙。因为这个朋友从小是被她奶奶拉扯大的，"哎哟，我的乖宝宝"是她奶奶的口头禅。我一方面觉得，朋友突然变成了大人的模样；另一方面又觉得，相较起来自己有些凄凉。朋友已经成为一名母亲，迈入了一个生命的循环，而我还在外面徘徊。我与她的人生方向和步伐都已经完全不同了。

开始经营阅读教室后，我读了很多育儿书。因为我觉得，要教育好孩子，跟孩子相处，就需要了解父母如何对待孩子。我一度很担心，要是我给了孩子不正确的信号怎么办，因为不了解孩子的“发育过程”而犯错了怎么办，又或者，因为我的言行不当给孩子带来很大的伤害又该如何是好。

就算读了很多育儿书，也不意味着我就能自信满满或者游刃有余。因为有些书的解释过于模棱两可，结论总是归结于“每个孩子都各不相同”，这让我很是气馁；有些书的表述又过于绝对，居高临下地觉得读者“什么都不懂”，读起来很不舒服；更有甚者，有些书还通过罗列一些极端的例子，对父母们（其实主要是妈妈们）横加指责。要不是因为我马上就要面对孩子们，我根本不想看这些书，更何况是父母们呢。我这才真正体会到，为什么别人说“育儿市场因焦虑而发展壮大”。

同时，我又产生一个疑问。抛开内容和语气不说，大部分育儿书都在强调“要尊重孩子的个性”，那父母的个性就不需要尊重了吗？莫非全世界的父母都是一样的？育儿书把焦点放在孩子身上是理所当然的，但是对育儿者如此漠不关心，真的合理吗？在这样的情况下，还都在强调“这种时候就该这样做”，岂不是最终会把孩子培养成一样的人？

以我的经验来看，父母也和孩子一样个性鲜明。例如，一个脚步声和笑声都异常豪迈的妈妈说，在两个孩子中，老大跟自己个性很像，老二则斯斯文文的，所以她跟老二相处总是要困难一些。还有个孩子的爸爸在家照顾孩子做全职主夫，在外却是八面玲珑、逢人都会打招呼的“交际王”。有的爸爸虽然有时会工作忙到见不着孩子，可对待孩子真可谓无微不至，所以偶尔来接孩子放学的时候，孩子看到突然出现的爸爸别提有多高兴了。有的妈妈平日少言寡语，我还担心她是不是不喜欢我，没想到发短信时，特别善于用各种表情符号来表达心情。有的家长不管住得多近都一定要亲自接送孩子，有的家长则让孩子自己乘坐公交车过来。每个人都大不一样。

父母们都在用自己的方式照顾和关爱孩子。不过在我看来，孩子对父母的爱也不遑多让。甚至可能因为我观察了更多的孩子，我觉得孩子的爱要更深。年幼的孩子爱得更绝对，而进入青春期的孩子的爱中带着些讨厌。

有一次，我手边正好有一盒非常漂亮的巧克力，于是跟当天来上课的小绿分着吃。因为巧克力很小，我就让小绿多拿几颗。小绿也非常高兴，挑了五六颗，然后吃了一颗就开始读书了。读到一半时，小绿突然问我：

“会化吗？”

“嗯？什么？”

“巧克力。握在手里拿回去会化吗？我想拿给爸爸妈妈吃。”

我顿时愣住了。

于是我用一个密封保鲜袋帮她把巧克力装起来，小绿才露出放心的表情。跟往常一样，那天小绿在回家路上也不断回头，在拐弯之前还不忘向我远远地挥手。送完小绿往回走时我在想，我小时候也像小绿一样这么爱父母吗？也像小绿一样，在第一次吃到小巧精美的巧克力后，想着怎么带回去给父母吗？会担心在回家的路上巧克力融化掉吗？

应该是的。我想起一次帮妈妈去药店买治感冒的汤药，回来的路上生怕药凉掉，于是把药袋紧紧捂在怀里一路小跑。只不过小时候的我，一直被教育要对父母感恩，所以我以为爱也是感恩的一种表达。可我不是因为感恩才爱爸妈的，而是单纯地因为爱而爱。这种爱不是对养育之恩的报答，而是对父母之爱的回应。然而小时候的我并不明白这一点，大概父母也没有意识到吧。孩子们并不是单方面地在接受父母的爱，只是太不善于表达了。他们的爱只是没能悉数传达给父母罢了——就像是握在手里融化掉的巧克力一样。

当然我知道，以父母的身份来爱孩子，是我完全无法想象的事情。但我想，所谓的养育，可能就是为了与孩子共同成长，去改变自己人生的节奏和方向；在某个时间点以前，去代替孩子做决定，并承担因此产生的责任。也就是说，养育或许并不仅仅意味着对孩子的抚养，还意味着自己人生的改变。因此也不难想象，这件事情充满了幸福感和成就感的同时，也伴随着沉重的负荷。

一个冰冷刺骨的冬夜里，我在路上偶遇一个孩子的母亲。原本只是寒暄一下，结果越聊越久，最后孩子妈妈忍不住哭了起来。起因就是孩子。我也不知道自己能帮上什么忙，只能跟着一起心疼，一起流泪。不知所措之下，我给了孩子的妈妈一个拥抱，结果却让她痛哭失声。我俩就在寒风中这么抱着，冻得手脚冰凉。回家的路上，我无意间发现自己羽绒服的肩膀上被泪水打湿了一片。那泪水的痕迹，看起来就像融化了的巧克力。

后来跟小绿妈妈聊天的时候，我提起巧克力的事情，说："小绿这么爱您，您一定觉得很幸福吧！太羡慕您了，有个这么温柔体贴的孩子。"没想到小绿妈妈连连摆手说道：

“哎哟，您不知道，每天家里就跟打仗似的。老师您只是看着别人家的孩子觉得可爱罢了，以后还得请老师您多多包涵呢。”

我还挺喜欢“别人家的孩子”这个表达的。这么说起来，我们是不是也可以成为“别人家的妈妈”“别人家的爸爸”“别人家的姨妈和叔叔”呢？这样我们就可以近距离地去观察、学习，去喜爱、吃醋、放心、担忧，去一起养育“别人家的孩子”，有一天甚至会变成“别人家的奶奶”。在给孩子把巧克力装进密封保鲜袋的时候，在把肩膀借给孩子妈妈的时候，我想我也成了其中的一分子。就算我没有成为母亲，我依然可以成为“别人家的大人”。

我和成为母亲的朋友之间，有着不同的人生节奏和方向。或许我永远都无法完全了解成为父母这件事情的真正含义；而朋友大概也只能尝试着去想象跟我一样没有孩子的人如何生活和老去。但现在的我，已经不再因为我们的境遇如此不同而感到失落了。我有我的方向——我会站在一个随时可以伸出援手、能够轻易被他人看见的地方。就算还有朋友觉得我不能成为一个真正的大人也没关系，因为一个真正成熟的大人不会去计较这些。

第三章 人世中的孩子

今天是我的生日哟！

为了开阅读教室，我做足了准备。其中包括尽可能把书架上的童话书和绘本摆放得整齐又美观。它们都是我在当十几年童书编辑期间精心挑选出来的，也是我开始这份新职业的重要资产。我还提前选好了迎接客人时的音乐，备好了不同种类的茶点，排演了好几次招待客人的流程和动线。毕竟之前在出版社工作时筹备过作家访谈和公开讲座，我还是有一定经验的。对于授课的内容我也很有信心，提前针对顾客的不同情况、不同兴趣和要求列好了书目，想好了一起开展的活动。现在只剩下最后一个问题了，就是要不要对孩子们使用敬语[1]呢？

在这之前，我接触的孩子大部分只存在于书里。我很喜欢他们，却无法与他们对话。外甥或朋友的孩子也见过不少，但终究只是私下的往来，不能与工作上的接触混为一谈。之前我上大学时，还曾在一个教堂开办的主日学校里担任小学老师，但这段经历太过久远，没什么参考价值。我对孩子是不够了解的。早在计划开阅读教室时，我就意识到这一点，但我也没有因此太过担心。我自认为比孩子更了解书籍，心想只要像编辑对待作者一样对待孩子，就大致不会出错。直到要面临第一次报名咨询，斟酌着要如何打招呼时，我才冷不丁地想起这个问题：面对首次见面的小朋友，我该说“您好”还是“你好”呢？

对孩子使用敬语也是有理有据的。首先，这是一个工作的场合。阅读教室是我的工作场所，而孩子是向我购买服务的顾客；服务的内容是向孩子推荐适合的书籍，并传授给他们正确的阅读方法，而我通过提供这项服务获取报酬。简而言之，我和孩子之间是一种商务

---

1 韩国主要通过在句子末尾添加“语尾”等方式来表达尊敬或非尊敬的语气。表达尊敬语气的“敬语”主要用于正式场合、商务场合，或与长辈、上级，以及年龄较大、关系较疏远、初次见面的人交谈时使用。

关系。我并不像学校教师一样拥有独特的权威和“光环”。考虑到孩子尴尬的立场，对他们使用敬语是合理的。

更何况，我们是初次见面，不能一上来就说平语[1]。当然，我年纪确实更大，甚至比一些孩子的妈妈还大。但是吧，想当年我还是新人编辑的时候，在一次活动后的聚餐上，一个初次见面、以后可能不会再见的中年男子一上来就对我说：“小金啊，你年纪跟我女儿一样大，我就不对你用敬语了啊。”当时的我可是立刻回复说“不行”的。初次见面，不用敬语可不行。有人问，那熟识了以后呢？也不行，因为我们之间是商务关系。

与这些理由相比，不用敬语的理由就显得苍白无力了。最多就是用敬语的话比较尴尬。“某某小朋友，您好！请问这周的书籍读得如何？是否标记出了不懂的单词？”这样的对话于我是没关系，但恐怕就很难跟孩子亲近起来了。难道要变得亲近的话，就一定要舍弃敬语吗？不对啊！我常常能够听到这种论调，但我始终觉得难以认同。必须找到其他理由才行，可我怎么想也想

1　与敬语相反，“平语”主要用于私下的场合，对象主要是比自己年纪小、职级或辈分比较低，或者跟自己关系非常亲密的人，可以表达亲切或者威严的语气，但使用不当的话会让对方感到自己被轻视或被冒犯。

不到。

我甚至想过，要不我跟孩子们都别用敬语了？事实上，一些实验性的学校已经在做这种尝试了。于是我想象了一下让孩子们叫我昵称，说话时不用敬语的场景，结果心情顿时阴沉下来。因为我突然意识到，我的心胸还没有宽广到能够接受孩子们的“不敬”；即使我不愿意承认，但这种“没大没小”的对话方式确实会让我心生不悦。如果孩子们真的对我说：“嘿，昭荣。这本书好无聊啊。不是让你选本好笑的书吗，怎么回事儿？你是故意想让我读难懂的书呗！”或者挑刺儿说：“昭荣，不是说好了要讨论的吗，你怎么自说自话呢？”我该怎么办？我也没那么大肚量啊。更重要的是，我还是希望树立一点儿“威信”的。我没有信心在上课的时候不依靠权威。

所以，我最终决定沿用最寻常的做法，也就是我对孩子们使用平语，但是让孩子们对我使用敬语。即便这会造成“我对顾客不使用敬语，而让顾客对我使用敬语”的荒唐局面，让我心里犯嘀咕。但似乎孩子们已经很适应这种设定了，也算是万幸吧。偶尔也有孩子过于专注在说话或者画画上，一时口误把我叫成“阿姨”或者“妈妈”，但还不至于一不留神说出平语，好像说敬语已经融入他们的血液一样。

不过，听着孩子们说的敬语，我发现了一件事情——敬语在课堂之外，如茶歇之类较为生活化的瞬间就存在着明显的局限，有些情绪或氛围很难用敬语来表达。

例如，用敬语来“炫耀”和“夸赞”，就总觉得差了点意思。我们可以用敬语描述当下的情形，但是最精华的部分——那种炫耀的语气就缺失了[1]。我第一次意识到这一点，是有一天万万一见到我就高兴地对我说：“老师，我今天生日。”不需要使用敬语的话，他说的一定是“我今天生日哟！”但是因为在我面前要保持言行庄重，他便只能说“我今天生日”。听起来多么垂头丧气啊（试着出声读一下就知道了）。还有一次，是在年末辞旧岁的课堂活动中，织织看到我穿上了带亮片的裙子，夸赞我说：“老师很好看。”但用平语说“老师好美啊”，语气不是来得更加强烈吗？

一天在街上偶遇夏夏，我们开心地聊了好一会儿。最后要走的时候，夏夏把手掌交叉在小腹上，鞠了一躬，大声说道：“那，我们明天见吧。”我这才体会到，一边鞠躬一边说着共动句[2]有多奇怪。要是朋友之间，对方一定会挥着手说“明天见”吧。这样不是更好吗？

1 在韩语里，平语比较适合表达惊喜、激动、炫耀之类的语气。

2 韩语的一种句式，用于说话的一方邀请另一方一起做某事的场合，相当于汉语里的“我们……吧”。——编者注用敬语来表达命令的语气也很困难。闵闵平常给我送零食的时候经常说："您快吃一下！"通常，我们想要表达更强烈的语气时，可以说："你快尝一下！"这时，迫切想要对方品尝的心情便溢于言表，但是用敬语只能说："请您品尝一下。"这就显得索然无味。所以我太喜欢闵闵说的"您快吃一下"了。

大人之间的对话中，也会出现一方用敬语，另一方不用的情况，如上下级之间、婆媳之间、前后辈之间。双方之间，哪一方更自在，更能毫无保留地表达自己的情绪呢？自然是不用敬语的一方。因为"今天我过生日哟！"这句话里面感叹号所传递出来的情绪，都可以通过平语表达出来。而对于使用敬语的一方来说，更重要的不是自我表达，而是去感知并应对他人的情绪。就如同人类学者金贤京（音）在《人类、场所、欢迎》[1]一书里所说的那样："敬语体系是社会文化的一部分，它的作用是把维持良好人际关系时必须投入的情绪劳动，转嫁到身份地位较低的人身上。"

大人们常常说，在孩子面前说话要小心，但真正要小心的，其实是孩子。这是因为，使用敬语，就意味着区分了长幼尊卑，就决定了使用敬语的一方需要判断局

1 原书为김현경，사람，장소，환대，문학과지성사，2015。

面、选择措辞、控制情绪。在这样的情况下，孩子的人生经验不及大人，所承担的责任却多于大人。所以，韩国的孩子和大人们说话时还要察言观色，真的很辛苦。

并且，在使用敬语和使用平语的双方之间，无须使用敬语的人，还因为自己是受尊敬的一方而获得更多的权威。比起小心翼翼使用敬语放低姿态的人来说，受尊敬的一方看起来似乎更为重要。因此，敬语使用者的意见常常被忽视。孩子们本来要顾及的事情就够多了，这么一来，他们就太吃亏了。例如，如果孩子太过委屈，一下子失控，没有使用敬语的话会怎样？想必结局一定是大人的一句“谁让你用这种语气跟大人说话的？！”对话便画上了句点。

我告诉自己，一定不能把孩子的尊敬视为理所当然。我自然希望除了关系最亲近的人，其他人不分男女老少彼此都最好使用敬语，但在那一天到来之前，我还是得更懂得倾听孩子才行。我不仅要倾听孩子表达出来的话语，更要思考孩子话语背后隐藏的东西，去揣摩他们无法用语言表达的情绪。

多亏了孩子们的宽容，我才得以从编辑转行为阅读课教师，甚至还写了关于儿童阅读的书。可能也正因如此，我常常遇到一些大人向我求助，说自己“想和孩子们变得更亲近，却不知道该怎么做”，或者说“周围没什么孩子，所以不太懂孩子”。这时，我通常会诚实地回答他们，说如今我依然觉得孩子很难懂。我建议他们一开始试着用敬语跟孩子们交流。遇到隔壁家孩子的时候，小外甥给自己介绍朋友的时候……总之在有幸认识小朋友的时候，试着用敬语开始这段关系。认为不用敬语才能变得亲近，只是不明事理的大人们陈旧的观念罢了。只要想一想，如果对方也同等对待我们的话，我们会作何感想，答案就不言而喻了。

因此，虽然面对我的小顾客时，我是被尊敬的一方，但面对陌生的孩子时，我会无条件地使用敬语。我告诉自己，不能对大人说的话、不能对大人做出的举动，也不能对孩子说、不能对孩子做。就算孩子再可爱，也不能一直盯着对方看，不能使用逗弄的语气说话。因此，在电梯里遇到楼上的孩子时，我会主动说“您好”，在超市看到孩子在自动人行道上玩闹时，就算再心急，也要用敬语提醒孩子“很危险，会受伤的”。在公共场所遇到孩子帮我开门，我会礼貌地说“谢谢”。相反，当孩子对我说“谢谢”时，我也会礼貌地回上一句“别客气”。在演讲场所遇到孩子跟爸妈一起来打招呼，我也会郑重地问孩子：“请问你叫什么名字？”

当你懂得对孩子使用敬语时，你就会发现自己的语气如此成熟稳重，甚至对话的气氛也会比不用敬语时更温和亲近。这是因为，我们明确表示尊重孩子的意愿时，成年人的从容会自然流露出来。这种从容也可被称为真正的权威吧。孩子们并不讨厌这种基于尊重的社交对话，在听到对方对自己使用敬语时会微微紧张，但会努力更有礼貌地去应对，好让自己显得对这种礼貌习以为常。有的孩子在听到我向他打招呼时，还会轻抬棒球帽的帽檐，说一句“您好”。看到这样的场景，我会觉得心里一暖，嘴角随之上扬。不过这时可要小心，绝对不能露出“哇，你好可爱”的神情。这需要极为强大的克制力，但我相信我们能做到，因为我们已经是大人了。

再小也是一个人

一个节假日的晚上，世世的妈妈给我打了个电话，说自己跟世世以及世世的堂弟堂妹去了趟草莓农庄，孩子们想把亲手摘的草莓分给我一些，问我时间方不方便。世世的堂弟堂妹一家跟我住一个小区，偶遇过几次。不管是孩子的惊喜到访，还是新鲜的草莓，自然是再欢迎不过了。

当天晚上门铃响起，我跟丈夫一起开门迎接。九岁、七岁、四岁大的三个孩子整整齐齐地站在门口，像彩排好了似的，大声说道："晚上好！"回过礼，接过草莓，表达感谢之后，我听着三个小专家给我上课，讲解摘草莓的技巧。当时心里想，"孩子们真的好小个儿啊"，也不知道是因为今天见面的地点发生了变化，还是草莓的箱子太大，又或者是第一次见到这三个孩子在一起。“你们好”“谢谢”“再见”——刚才接待客人时还一本正经的丈夫，在孩子们坐上电梯、门关上以后，也感叹道：“真是……好小啊。”

即使我的工作需要每天跟孩子们打交道，我还是常常感慨，孩子们的身躯是如此幼小。阅读教室里摆上新的花盆或装饰品的时候，孩子们都会踮起脚尖去看。其实我在布置时已考虑到这一点，但对于个子最矮的孩子来说，还是有些够不着。有的九岁的孩子出于好奇，特意端了把椅子爬上去，非要去看书架最上层的青少年读物不可，我才发现他们真的看不清高处的东西。上课前，有的先到的孩子会躲起来去吓唬来晚的孩子，也是屡屡让我惊讶。因为在我看来，阅读教室这么小，已经无处可藏了，可孩子们还是能够找到地方把自己藏得不着痕迹。多亏了他们，我才意识到原来玩躲猫猫也得个子够小才可以。

我还见过在景区游客服务中心，大人们从工作人员手中接过地图或优惠券，询问各种信息的时候，孩子非常努力地想要看到服务台上发生的事情，于是仰着头、踮着脚、趴在服务台上一边不停地说“那是什么啊”“要怎么走”“我也要看”，一边发表着各种意见。换作以前的我，说不定会觉得孩子出门后真的不太听话，又爱闹。好在那是发生在我经营阅读教室之后的事情，我心里想的是，孩子该有多不方便啊。出来旅游的兴奋和好奇，我们和孩子都是一样的。但孩子明知道大人们交谈的信息很重要却不能参与，甚至无法看清沟通的过程，别提有多郁闷了。

孩子的个头儿比大人小，因此也常常被大人忽略。当一个大人和一个小孩站在一起时，我们首先看到的多半是大人。但就算孩子的个头儿只有大人的一半，也不意味着他们的存在感只有大人的一半。不管多么小的孩子，都是一个完整的个体。可惜的是，很多大人会忽略这一点。

在韩国实施口罩“五部制”[1]之前，一天，小区附近的农协向居民开放口罩销售，一人限购五个。我也一早前去排队了。当时我们家里只剩下了一些棉口罩，防疫口罩一个都没了，很担心要是买不到怎么办。队伍的气氛很消沉，想必大家跟我有着同样的担忧。还有人不时探出头去，数一数自己前面还有几个人。我身后一个老大爷刚数到一半，忽然朝着前方大声问道：

“欸，你们都要买口罩吗？那孩子也能买吗？”那

1 由于口罩供应不足，韩国政府将民众按照身份证尾号分成五组，分别安排在周一到周五，定时定量销售口罩。

语气与其说是好奇，不如说是质问。老大爷“欸”的对象是一位看起来像妈妈的女性，带着两个孩子，怀里抱着一个小的，旁边站着一个四五岁的孩子。女性一开始有些被吓到，但很快就镇定下来，看着老大爷说：

“当然啊，孩子也算一个人啊。”

那天回到家，我仔细想了想老大爷的质疑——“孩子也能买吗？”我猜，老大爷的意思并不是觉得大人优先，孩子其次，只是单纯希望买口罩的时候计算起来对自己更有利，又或者觉得口罩是成人款的，把孩子也拉过来“凑数”不公平。但这恐怕由不得老大爷说了算。一来，可能店里有儿童款的口罩销售；二来，就算没有，那觉得不公平的，也应该是排了队却买不到自己那份口罩的孩子，而不是老大爷。我觉得老大爷会质疑，是因为我们平常数人头的时候，很少把孩子也算作“一人”，对于他来说，两个孩子是附属于大人的。要是两个孩子的个头儿跟老大爷一样，恐怕他就不会再认为大人算“一人”，而孩子不算“一人”吧？

孩子们过马路时要举起一只手，就是因为这样更容易被司机看到。他们个子太小，举起手来多少能够更显眼一些。有些孩子在乘坐公交、地铁的时候，要辛苦地爬到座位上；有的孩子走两步才赶得上大人的一步；下雨的时候，孩子们要用透明的雨伞才能看清楚路况。孩子们用他们小小的身躯生活在这个世界上，本就是如此现实的事情。

后来，我准备在阅读教室里挂上一本小狗月历的时候，就试过蹲下来衡量一下高度，确保个子最小的孩子也能看得清楚。我以为站在孩子的“高度”去看待事物，就能够拥有跟孩子一样的视角。但是，周遭的环境看起来是如此不自然，似乎仅仅改变高度，并不能让我看到孩子眼中的世界。为什么呢？我想应该是因为，孩子与我们之间的差异不仅仅在于身高，我们对空间的感知也是不同的。

绘本作家安野光雅在《思考的孩子》[1]中，将此归因于孩子与大人之间对于远近认知的不同。距离越远，我们就越难分辨不同物体之间的大小差异。而孩子的两眼之间的距离比大人要窄，也就意味着物体必须离他们更近，他们才能分辨大小差异。也就是说，孩子能够做出准确判断的视野范围比大人要窄。孩子们之所以总是爱做出些意外的举动，或许并不是因为他们缺乏自控力，而是因为他们的感官不同罢了。我们长大后再回到小时候生活过的地方，觉得周围环境变得如此“狭小”，据说就是源于空间感知的变化。

1　原书名为かんがえる子ども，中文版译名为《心灵富足的童年》。

因此，就算我用尽全力把自己塞到桌子底下，试图从孩子的角度去观察，也注定无法看到与孩子一样的世界。而对空间结构和物品位置的熟悉程度，也会影响我们看待周遭环境的方式。如果我们真的想以孩子的方式来观察的话，就不能让自己“变小”，而是要想象周围的一切都在“变大”——走着走着一转头，看到的会是某个人的大腿或者腰部；公交车的轮胎和自己一样高；洗手的时候，洗手池的边缘会卡在自己的腋下；在超市购物的时候，甚至都看不到收银台上自己买的东西有没有被一一扫码然后装好……

孩子与大人的视角如此不同，世界却可以正常运转，这不免让我有些惊叹。孩子们还没有经历过成年人的高度，因此也无法想象不同于自身的另一种可能。那作为大人的我们，为什么也没有思考过呢？照理说，变成大人了之后，至少能感受到“个子高真好，一下子畅快了好多”之类的吧。原因之一就是，我们是慢慢长大的，每天都以我们难以察觉的速度一点一点长大，渐渐适应了以大人为中心的世界。正因如此，我们才避免了突然加速而“晕车”的烦恼，却也忘记了年幼时的不便。

很遗憾，我还有一件事要“坦白从宽”——长期以来我并没有觉得生活不便，因此也就没有思考过这些差异。然而这个世界上，该有多少领域存在着类似的差异啊！从孩子的事情举一反三，我很快便意识到，我对于残障人士、性少数人群及移民这些少数族群，是多么无知和淡漠。当然我也想过，孩子们最终总会成长为大人，所以很难把他们定义为“少数族群”，或许只能说是“过渡期人群”。但转念一想，我们也从未觉得自己处在迈向老年人的过渡期里，因此看待孩子时，应当把眼光放在当下，而不是将来。并且，就在一些孩子成长为青少年、大人的过程中，总是会有新的孩子诞生。也就是说，这个世界永远都有孩子的存在。“孩子”并不是什么过时的议题，相反，因为我们每个人都要经历这个阶段，所以人人责无旁贷。

孩子们引发的各种事端、闹剧和意外中，有很大一部分跟他们的个子太小有关。例如，孩子们在椅子上“坐没坐相”，两腿一直乱晃，是因为他们的脚挨不着地；如果他们的脚能够在地上踩实，就算想晃也晃不起来。孩子们之所以不顾危险，硬是要爬到桌子上去够高处的物品，就是因为在他们眼中桌子又大又结实；更何况如果不爬上去，他们根本就够不到。有的孩子从三级台阶上往下跳，成功落地后想要挑战五级台阶，最终受伤又挨骂。有的孩子想着，反正美术馆这么大，跑来跑去也没关系，结果挨训……

正因如此，孩子们才需要机会去从大人身上学习。孩子们不可能静静站着长大，他们需要成长的空间。因此在公共场所中，我们也应该把孩子当作“一人”来对待，不能因为他们还是孩子就忽视他们，而是要齐心协力，为他们打造一个适合他们活动的空间，让他们在这样的空间里学习和成长。另外，孩子们的成长还需要安全的空间，“学校路段”就是其中最基本的一种。它的存在保障了孩子们就算视野与大人不同，也可以免受汽车的伤害。毕竟孩子要成长为大人，首先得生存下来。

当年那个把草莓箱子高高举过头顶的世世，如今已经成为一个个子比我还高的少年了。或许一些在他眼中理所当然的事物已经超出我的视野。他懂我不懂的事情会越来越多。当有一天这些差异变得格外大时，世世这一代人和我们这一代人还能够并肩同行吗？这取决于我们这些大人如何去建设当今的世界。

再简单不过的问题

我有一项特殊技能，就是时刻清楚地知道自己想吃什么。这虽然不是什么了不起的本领，但对我自己来说相当实用。我从小就这样，不会含糊地觉得自己“想吃海鲜”，而是明确地知道自己“想吃烤马鲛鱼”“想吃焖带鱼”，等等。想吃的东西越具体，说得越明白，吃到的概率就越大。当然小时候的我并未意识到这一点。然而，这也不是我胡诌的。母亲虽然嘴上说着“家里最小的小不点儿，到头来最折磨人”，最终还是会给我做。因为如果这突如其来的食欲无法及时得到满足，我就会感冒、拉肚子，总之一定会生病。而一旦生病，就算我吃到那样的食物也于事无补了。现在的我也是一样。

我曾经反省过，我怎么会对吃的如此执着呢？吃不到想吃的东西就生病，哪有这样的心机鬼啊。但是仔细想想，这种说法好像有些本末倒置。不是因为吃不到想吃的就生病，而是在发病前的一刻，突然迫切地需要那个食物。例如，当身体缺乏维生素的时候，耳边就会响起“橘子！橘子”的呐喊；缺乏碳水化合物的时候，大脑就会自动下一份订单：“米饭！一碗半米饭！小菜随便来点儿！”说起来有些不好意思，但是明白自己的身体需要什么，对于我来说是再简单不过的事情了。

一天，我意识到自己想吃炸鱿鱼了。不知道是不是因为前一天晚上没睡好，一早上都觉得昏昏沉沉的。午餐都已经准备好上桌了，我才发现缺了点什么。当意识到“缺了点什么”的时候，我的眼前浮现出了炸鱿鱼的画面，是大脑催我赶紧行动起来了。好在家前面的小吃店这个时间点应该还有炸鱿鱼卖，我便立刻提上袋子出了门。

那家小吃店（希望老板夫妻不要看到这篇文章）很适合我们这个住户稀少的小区，有事没事的时候可以点几份小吃解解馋，又不会因为人气太旺吸引来其他地段的客人，以至于大排长龙想吃却吃不上。有人说，同样的小吃，依老板娘的心情不同，味道就会有所不同。但我还是庆幸，这家店不属于任何一家连锁店。菜单里有辣炒年糕、鱼糕、粉肠、各种炸货，还有一些简单的主菜。小吃店的这栋楼上有诊所、网吧、跆拳道馆和补习班，所以大人和小孩都会来吃。

进到店里的时候，其中一张桌子上坐着两个孩子，面对面地在吃着什么。老板不在，只有老板娘在招待一名前来打包的客人。

“10500 块。”

老板娘把打包好的小吃和银行卡一并递给客人的时候，客人冷不丁地问道：

“真的是 15000 块吗？”

“什么？”

“我说，真的是 15000 块吗？”

“什么呀？ 10500 块……”

“哦，我是说那儿，是不是真的 15000 块？”

“那儿？哪儿啊？”

“那边啊，那边写的比目鱼两条 15000 块，我想问是不是真的。”

那位客人（性别我就不说了）指的是街对面店铺外墙上挂着的一个老旧招牌。其实这条商街这么小，只要多看一眼就知道那家生鱼片店早就关门了。就算看不出来，也该好好问：“不好意思，请问一下，街对面招牌上写着比目鱼两条 15000 块，我想问问是不是真的，感觉太便宜了。”再说了，这种问题为什么要问这里的老板娘啊……刚想到这里，我就看到老板娘头也不抬地说道：

“那家店很早以前就关门了，请慢走。”

真是的，我今天一定要吃到好吃的炸鱿鱼才行，要是老板娘心情不好影响了味道怎么办啊。就在这时，我的“救星”出现了。刚才桌上的孩子们吃完后，走到柜台前买单，问道：

“请问我们是多少钱啊？”

“我看看啊，4500 块。”

老板娘脸上露出一丝笑容，语气也变得温柔了许多，就像亲切的隔壁阿姨。老板娘接过孩子们手中四张对折了两次的纸币和五个硬币，和孩子们脑袋凑在一起仔细确认。俨然一幅“家门口小吃店”才有的温馨画面，我也不由得嘴角上扬。

“谢谢。路上注意安全。”

“阿姨再见！”

“阿姨再见！”

我告诉老板娘要打包一份炸鱿鱼。请她帮我切好之后，我转过头去看孩子们刚才坐过的位置，好奇他们到底点了什么，才吃了 4500 块。结果我看到托盘上用过的碟子、叉子和水杯等摆得整整齐齐的，方便老板娘一次收拾干净。

一开始，我只是觉得孩子们特别可爱又讨人喜欢。心想，他们是在哪里学得这么斯文有礼的，也太乖了吧。既不是在家里，也不是在学校食堂，他们明明吃完直接走就行，竟然还懂得帮忙收拾。刚才那位客人真该向孩子们好好学学，这么大个人了，还那副德行。不过，拿着炸鱿鱼往家走的时候，我心里突然升起一股说不清道不明的情绪。回到家，把炸鱿鱼摆上桌时，我才忽然明白那股情绪是什么，是气愤——极度的气愤。因为我突然想起早上读到的新闻报道，是有关"No Bad Parents Zone"[1]的。

之前"谢绝儿童入内"的标语引发了许多争议，于是把矛头转向"不懂得好好看孩子"的父母身上了。表面上看起来，它很贴心地选择了不去怪罪孩子，而是从父母身上找原因。连我这样没有孩子的大人，都感到被冒犯了，这篇报道竟然还通篇充斥着乐观的论调。里面甚至还说"之前因为'谢绝儿童入内'而无处可去的父母们，也纷纷赞赏'谢绝没素质父母入内'的举措"，简直莫名其妙！最不可置信的是，报道中还提到许多父母因此开始"自我反省"。如果这是真的，那就太令人

1 报道的标题为《"不会看孩子的没素质父母禁止入内"——"谢绝儿童入内"蜕变为"谢绝没素质父母入内"》，《韩国日报》2020 年 1 月 12 日报道。

OK
NO

难过了。难道有人在店门口看到这样的标语，会觉得自己是“不合格的父母”，自我反省后转身离开吗？抑或觉得自己作为父母十分称职，自信满满地走进店里，然后看别人的眼色管教孩子？不管是“谢绝儿童入内”还是“谢绝没素质父母入内”，在本质上都是歧视。不同的只是，这个矛头指向的是孩子还是父母（现实中多是母亲）罢了。

只接待“安静的乖孩子”本身就是一种歧视和厌恶，这有什么好争辩的呢？本来就是有偿使用这个空间，却还要接受审查，这不是歧视是什么呢？如果有店家说自己只接待“精致的老人”“干净的男性”或“声音小的女性”，肯定会有人跳出来指责。那为什么可以堂而皇之地歧视孩子呢？要说有什么重要的区别，就是他们不敢对老人、男性或者女性表现出不满，但是对孩子，还有带着孩子的妈妈就可以。换言之，他们就是在歧视弱者。

我相信，“谢绝儿童入内”的店主并非只为了方便自己管理，孩子作为顾客确实会带来一些麻烦。孩子吵闹，或做出有违公共规范的行为时，如果监护人不及时制止，就会引来“其他客人”的不满。就算店家能够忍受，但要是其他客人不高兴，事情也难以收场。更何况，带孩子前来的大人也是客人，店家很难说出一些他们不爱听的话。或许就是因为这样，店家才最终选择以这种方式杜绝这些麻烦。但是，这不是解决问题，而是歧视。歧视不能假借任何理由变得合理。

坦率来说，我也曾是“其他客人”中的一员，我也有该反省的地方。我也曾经多次因为在餐厅里闹腾的孩子和他们的家长而心生不悦。现在回想起来有些羞愧，但当时的我确实戴着有色眼镜，认为自己“严守用餐礼节”，与他们不一样。一边对那些聒噪的中年男性视而不见，一边又对孩子们心怀不满。这让我很后悔。就像那些拒绝孩子入内的店家没勇气解决棘手的状况一样，我也无法原谅那个不能忍受孩子的自己。之前的我好像只喜欢那些乖巧、可爱、举止有礼的孩子，比如那个小吃店里懂得自己整理餐具的孩子。

当我意识到这种态度源自歧视和厌恶之后，我开始有意识地忽略孩子们发出的噪声。听到孩子在火车上哭闹时，我会告诉自己“孩子怕是累了吧”；看到孩子在餐厅里吵闹父母时，我会告诉自己“孩子怕是想回家了”。意外的是，我竟因此变得平静了许多，因为这些事不再让我眉头紧锁了。如果“其他客人”也能像我一样，慢慢开始懂得宽容以待的话（虽然我懂得太晚了），孩子们也能有机会学习。当然，偶尔我也会因为孩子大喊大叫面露不快，这可能会让店家不知所措。但或许我们可以分享彼此的经验，共同教育孩子。懂得更多、拥有得更多的人，能够，也应该去忍受、等待那些缺乏知识和经验的人。虽然这是一件需要勇气和宽容的事情，但作为人，我们做得到。

孩子们应该学会在公共场所遵守礼仪。可是要从哪里学呢？自然要从公共场所学。通过观察其他客人的举止，在被纠正错误举止的过程中学习。在良好的环境中，受到良好的对待，并学会对此做出适宜的举动。孩子们比大人们学得更快，这是众所周知的事实。他们会比那个张嘴就说“真的是15000块吗”的客人学得更快。

吃着炸鱿鱼的时候，我想，如果一家店门上挂着“谢绝四十岁女性出入”“谢绝京畿道人入内”“谢绝韩国人出入”之类的招牌，我不会刻意找过去，哀求对方让我出入，而是会记住它的方位，避免自己经过附近，就算是不小心路过也不行。新闻里疾呼着韩国的出生率断崖式下跌，需要赶快提高，但孩子们会来一个自己不受欢迎的地方吗？这问题再简单不过了。

这不还有孩子吗

“老师，等你长大以后要是生了孩子，呃，不对，老师已经长大了……”

听到孩子这么说，我忍不住大笑起来。孩子接着说道：

“总之，老师要是生了小孩，可能要练习一下怎么教训孩子呢。老师太善良了（这是孩子的原话哦），都不怎么教训小孩子。我奶奶也是这样，所以妈妈经常说这样可不行。”

嗯，我有什么事情需要教训孩子呢？来之前没有完成阅读作业？可孩子通常都有正当的理由，而且我也准备好了备用方案，并不会影响上课。孩子只要不是故意胡闹，也没什么好教训的，而我暂时也没有遇到胡闹的孩子。就算有时必须说些不中听的话，我也会努力避免让孩子觉得自己被教训了，因为我自己小时候就特别怕挨骂。这样的我在孩子的眼里会不会看起来太软弱了呢？我想不会。孩子都说了，是我“太善良”，那我就该按字面意思理解。

“孩子，谢谢你夸我善良，不过老师虽然长大了，应该也不会生小孩了。”

“啊？为什么呀？”

“也有不生小孩的人啊，还有不结婚的人呢，对吧？”

“哦，也是。我的姨妈就不结婚，自己一个人过。”

“是啊，所以也有人结了婚但不生小孩。”

小孩子口中的“等你长大以后”与大人们说的不同，听起来更像是一种可爱的干涉。我结了婚，也从事着与孩子相关的工作，所以就算四十岁出头，还一直有各种各样的人，以各种各样的方式追问我的生育计划，给我各种各样的意见和建议。

我上大学在教堂主日学校当小学老师时，就有人对我说：“老师您这么喜欢孩子，将来结婚生了小孩，一定会把孩子教得很好的。”我知道对方这么说是出于好意，但这样在无形中就默认了我要结婚和生育的事实。当童书编辑时，也有人说“只有生过孩子才能做好童书”；在我对作品提出意见时，会有人反驳说“你没当过妈妈，你不懂”。这些话的背后都有着相同的逻辑。

当然，有些事情确实需要当过妈妈才懂，或者当过妈妈更容易理解，但一个人是否专业，难道只能通过生育与否这一个标准去衡量吗？

结婚之后，周围的长辈们对我说过的话我就更不用复述了。就连朋友们也对我说，“一旦生了小孩，新婚也就结束了，趁着现在好好享受吧”“要生就早点生”“等你生过你就知道了”，等等，也不知道这是在鼓励我，还是在向我挑衅。我都还没说什么呢，这些话就铺天盖地而来。还有人一听说我没孩子，就脱口感慨道“可惜了”，好像是说，我结了婚、开了儿童阅读教室竟然没有孩子，是一件非常遗憾的事情。我当场表示不悦，也得到了对方的道歉，虽然最终消了气，却还是觉得难以理解：没有孩子而已，有什么可惜的呢？

也有很多人问我“为什么不生”，可我也没问过他们“你们为什么要生”啊！还有人说“不生的话以后会后悔的”，可我也没对他们说过“你们生了以后会后悔的”啊！但我没法这么以牙还牙，每次只能暗自伤心。作为一个不生孩子的女性，听到的闲言碎语和自己想说的话，简直能写本书了［倒是真有人出了本书——崔智恩

（音）的《我决定不当妈妈》[1]，完全写出了我的心声]。

不过，“坦陈自己不生孩子的理由”跟“不生孩子才是正确的选择”或者“断言这个国家要完蛋了”是两码事。每次遇到一些事件让我们对人类失去博爱之心时，就会有人说出后者的论调。说实话，当看到我们的国家和社会如此粗暴地对待女性和孩子时，我也会质疑，这样的国家有什么资格担忧人口断崖的问题。意见大同小异的一群人却毫无底线地相互争斗，真的让人受够了。有时我的心情因此近乎绝望，好像再往前迈一步，就会陷入诅咒的深渊。但我还是竭尽全力地不让那些诅咒冲口而出。

这个国家如果真的灭亡，会以什么样的方式结束呢？在我看来，那应该不会是因为整个朝鲜半岛沉入海底，也不会是因为所有国民被剥夺一切、驱逐出境，漂泊在别的国家，而是从最弱势的人开始，一点一点地被牺牲掉，直至全部灭亡。空气被污染，买不起洁净空气的人首当其冲；瘟疫流行，无法获得安身之地的人便最先染病；气候变化导致暴雨不停，居住环境恶劣的人、无法放弃工作的人便率先受灾。我们应该明白“毁灭算

1 原书为최지은, 엄마는 되지 않기로 했습니다, 한겨레출판, 2020。

了”这种诅咒虽然能泄愤，却对弱者毫无裨益。

不久前，我在社交媒体上看到有人呼吁“我们不要生孩子了”，着实让我心里一惊。我倒不是担心出生率的问题，而是为此刻活在这世上的孩子担忧。社会不该要求女性“生孩子吧”，同样，我们也不该要求女性以“不生孩子”来反击。我们不能断言，这个社会不配拥有孩子，从而要求女性拒绝提供孩子，以此作为对社会的一种惩罚。这种论断反过来说，就是如果我们认为社会够格，就可以把孩子作为一种赏赐。但人不能被当作奖惩的工具，孩子存在的目的更不是这个。也许他们说这些话时意不在此，但“不该生孩子”这类主张的矛头，最终还是指向了孩子。因为它无异于表示“孩子就不该出生”。难道这句话指向未来，它就变得合理了吗？不，因为这意味着，未来的孩子从出生的那一刻起就被否定了。

并且，这样的论调等于把孩子和抚养者孤立起来了，使得生养孩子变成个人的事情。那么不生孩子，就无须承担责任了。这将最终导向一个结论——这个社会不该有弱者。这不是很奇怪吗？

一个国家、一个社会发表了不合理的言论时，我们不能用“相反的观点”去驳斥，而是要找到“正确的观点”。我们可以，并且应当对社会说的，是“不要把女性当成一种工具”，是要求社会“去打造一个适宜生养孩子的环境”。我们的性别、我们是否有孩子不能成为一项衡量的标准。我们为孩子发声，是因为他们难以为自己发声。弱者能够安然生存的世界，终将是一个所有人都能安然生存的世界。因为，我们谁都有可能变成弱者，我们必须团结一心。在我看来，这才是最终守护每个个体的方式。

绝望总是比希望更容易，因为绝望无须附加任何条件，适用于任何事情；但希望截然相反，一旦决定要怀抱希望，就要付出许多努力。心有所求，就不能坐享其成，就不能闪躲回避，甚至要有破釜沉舟的勇气。这是希望给我们的训诫。希望总是比绝望更严苛无情，所以才能鞭策我们前行。

无论我们有没有孩子，无论我们与孩子的关系是亲是疏，这个世上总是有孩子存在。因此，先别急着说出绝望的话语，在那之前告诉自己：这不还有孩子吗！

误会

我在家附近图书馆的童书区里，发现了一个有趣的张贴栏。最上面是一个问题："你们听到什么话会难过呢？"下面贴满了孩子们用便笺写的回答。其中一张格外引人注目：

"妈妈总是让我吃黑木蛾的时候。"

我猜，孩子指的应该是颜色黑乎乎、满是褶皱、触感滑腻腻，又吃不出、闻不到什么特别味道的黑木耳吧。是啊，本来就有些孩子不喜欢这样的口感，再加上名字还叫"木蛾"，孩子自然更不爱吃了，甚至可能纳闷为什么妈妈一直逼着自己吃这个。之后我每次吃糖醋肉看到里面的木耳时，就会想起那个孩子，也不知道这个关于木耳的小误会解开没有。就算只是误解了名字，也得早些解开误会才好啊。

小时候，我在邻居家看到一种奇特的水果，圆圆的、长长的，黄色果皮颜色分布不均。不过它的香味特别浓郁，让我觉得好像世界都亮了。我就问隔壁大婶这是什么瓜，结果大婶说“什么瓜”。

“这个瓜呀，我想问这是什么瓜。”

“什么瓜。”

“这个，您看一下，这个叫什么？”

“么瓜。”

我开始以为大婶生病了，心里有些发怵。没想到大婶微笑着，一字一句地放慢速度对我说：“这——是——木——瓜。木——瓜。”我这才知道这种水果的名字，也消除了对大婶的误会。之后我一看到木瓜就会想起这段经历，可能等我变成老奶奶也忘不了。

阅读教室的孩子们也常常会发生些误会。小薰直到十一岁还以为“真脆饼干”是叫“太口脆饼干”[1]。当我告诉他“太口”其实是一个字，念“真”的时候，他很吃惊。他说自己其实想过叫“太口”不太对劲，但也确实没想过那个字念“真”。还有一次，小薰说自己午饭吃到一种很好吃的菜：“好像是叫‘山鸡菜’。嗯……

1 一个韩国品牌的薄脆饼干，品名（ᄎᆞᆷ）中有“真”的意思，是用古文来拼写的，因此对孩子来说比较陌生。

没错，山鸡菜。长得有点儿像野山鸡的样子。”也是，“山蓟菜”读起来确实很让人混淆。

我去旅游的时候，买了黑砂糖做伴手礼送给孩子们，结果素素非常坚定地谢绝了我。素素平时就喜欢吃甜食，怎么这次竟然拒绝了呢？我有些意外，又有点儿失落。

“这个很甜的，直接就能吃，跟糖果一样。”

听我这么说，素素还是一脸怀疑：

“用黑砂土也能做糖果吗？”

我强忍住笑，解释说：

“不是黑砂土，是黑砂糖。”

“不是用砂土做的吗？”

素素一下子露出了高兴的神色。看到她这么可爱，我差点儿想逗她一下，骗她说就是土做的。在素素看来，这种糖的名称多少还是有些难以置信：“用黑砂土来给糖命名，也太奇怪了。”对于素素的疑问，我最终也没想出一个完美的解释。不过，看到她解除了对黑砂糖的误会，吃得津津有味的样子，我已经觉得很开心了。

孩子们会遇到大大小小的误会，在消除误会的过程中成长。然而，大人们只是觉得这些误会都很天真，喜欢把由此引发的各种小故事当作趣谈。还有些大人想借机跟孩子开个小玩笑。我也不例外。因为大人们觉得

这些误会都是源于“无知”，只要好好跟孩子解释，就能轻易消除误会，还能让孩子被这些小玩笑逗乐。然而站在孩子的角度想，事情远远没有这么简单。“是误会”“跟你开玩笑的”——就算再迟钝的大人也能想象到，说这些话的人和听到这些话的人，心情有多么不同。

在之前的文章里，我提到过一个拍摄爸爸照顾孩子的综艺节目。节目里故意设计让大人吓唬孩子的桥段，引来多方批评。节目中有的孩子以为，爸爸在拳击赛中死在自己面前；还有的孩子以为，自己食物中的牛骨是爸爸的腰骨。通过新闻了解到第二个事件时，我都不敢相信自己的眼睛，反复确认了好几次。好在后来有观众对此提出抗议，还有儿童人权保护机构出面，要求放送通信委员会[1]对该节目进行审查。后来读到“救助儿童会”说的一句话，说“把孩子当作开玩笑的对象，会影响到观众乃至社会对待孩子的态度”，我对此深感认同，也庆幸这件事最终得到了社会的广泛关注。

但另一方面，我并不认为制作这些节目的大人有意“情绪虐待”孩子，或刻意诱发、消费孩子的恐惧，把它当作一种趣味。而长期收看这一节目的观众也不会有

1　韩国的广播电视监管机构。

这种“恶趣味”。不管是出于真心，还是为了提高收视率，大人们确实是想把孩子天真可爱的面貌展现在观众面前，而这也是屏幕前的观众想看的。因此，我觉得根本原因不在于节目想要吸引眼球，而在于观众想要“观赏”孩子。

有的大人因为太过喜欢孩子，反而想把孩子弄哭。他们觉得孩子连哭都那么可爱，于是故意用一些玩笑让孩子误会，让孩子掉眼泪，把孩子的哭泣当作一种“反应”，并乐在其中。大概他们觉得反正就一小会儿，等哭一哭再马上哄回来，又不是什么大不了的事情，还不是因为觉得孩子可爱才这样做的嘛，没事的。又或者，甚至连这一丁点儿的顾虑都没有，想着孩子不都是这样长大的吗，根本没把它当回事儿。但可以肯定的是，他们觉得事情都在自己的掌控之中，觉得自己有办法把孩子弄哭，也有办法让其不哭。

孩子便在这个过程中被物化了，变成可以被大人随意操控的道具。一个人爱孩子，并不表示他一定懂得尊重孩子。如果大人们不懂得尊重孩子，完全从自我的角度去表达对孩子的爱，反而会让这份爱变成一把刀子刺伤孩子，还能以此为借口为自己开脱。可能有人觉得，大人们也是出于爱，会不会是我太小题大做了？那么不妨回想一下，以“喜欢才会欺负”的名义，造成了多少伤害。请不要观赏孩子，不要把孩子当作大人们消遣的玩具。如果有大人觉得自己可以这么做，那才是其最大的误会。

我并不反对孩子们上电视，相反，我希望他们出现的频率再高一些。让他们说出自己想说的话，问出自己好奇的问题，展现出他们与同龄人相处时愉快的面貌。既然要制作一档周日晚上阖家共赏的电视节目，不是应该让孩子成为真正的主角吗？这比在“真人秀”中观赏著名艺人的孩子，更能帮助我们去理解孩子。因此，或许一个越是让那些只想看到孩子们可爱模样的大人不舒服的节目，才越是孩子们需要的节目。

同时我也在想，大人们想看到孩子反应的时候，为什么只想着怎么把孩子弄哭呢？

我想起以前看过的一个视频，是在内战不断的叙利亚，一个普通家庭拍摄的。每当屋外有炸弹爆炸时，爸爸和孩子就大笑不止。孩子的爸爸不想让孩子害怕，就善意地将空袭包装成一场游戏。炸弹爆炸的声音连屏幕外的我听了都觉得害怕，那个父亲和孩子却放声大笑，仿佛在玩世界上最有趣的游戏。孩子真的会觉得空袭是游戏吗？还是即使心里害怕，依然选择相信爸爸，心甘情愿地误会下去呢？我不知道。但有一点可以肯定，就是对于父亲的爱，孩子没有丝毫的怀疑。这么一来，道理就变得很简单了。在这个世界上，有的大人喜欢把孩子弄哭，有的大人喜欢把孩子逗笑。什么样的大人更值得赞许，你我心里都有答案。

我所期待的儿童节

我很满意韩国的儿童节定在了 5 月 5 日。首先，“5 月 5 日儿童节”读起来就很珠圆玉润，朗朗上口。两个“5”不管是用阿拉伯数字还是用韩文写出来都很好看，日子还很容易记。而且刚刚进入夏天，气候也很宜人。因此，我一直感慨方定焕[1]老先生连日子都这么会选，有种发自内心的欣喜。后来我才知道，1923 年的第一个儿童节原来是在 5 月 1 日，之后被改到了 5 月的第一个星期天，解放后才定在 5 月 5 日。我这才意识到是我想多了，不免有些泄气。

1 韩国的独立运动家、儿童教育家、儿童人权运动家、儿童文学家。

不过，一年 365 天，方定焕老先生又是怎么想到把 5 月 1 日定为儿童节的呢？据说是因为 5 月 1 日是劳动节，当时的儿童运动家们认为，孩子也应该跟大人一样得到解放，于是创造了一个新词“幼龄人”[1]，同时设立了“儿童节”。第一个儿童节庆典的宣传材料《少年运动的基础条件》中，开篇就写道：

“将儿童从旧道德的压迫中解放出来，许予他们完整的人格礼遇。”——《色同会儿童运动史》[2]

“解放”儿童，换言之，就是让孩子们得到“释放”。这些被释放出来的孩子便开始活动，之前不被关注的孩子自此被人们看见。而一个孩子无法活动。所以，我认为从这个角度来看，儿童节的意义在于，把孩子带进人们的视野里，发挥保护孩子的作用。

如今的儿童节对于孩子们来说，似乎更像是一个收礼物、外出吃饭的日子。各地也会有一些政府组织的活动，如庆祝演出、才艺表演、颁奖仪式等，大同小异。要说办活动的话，还是购物中心、游乐园里举办的活动更能吸引孩子们的眼球。对孩子们而言，这一天不

1 用法相当于汉语里的“儿童”。据说造词时参考了韩语里“老人”“善人”等表达，强调了孩子是一个年幼的“人”，蕴含了要尊重孩子、解放孩子的寓意。

2 原书为색동회 어린이 운동사，정인섭，학원사，1975。

用上学、去补习班，可以尽情地玩上一整天，自然非常开心。我却觉得少了些什么，因为儿童节仅限于此的话，就跟生日或者圣诞节没什么区别了。在我看来，儿童节的真正意义不只在于让孩子们喧闹、欢快地度过一天。况且，让孩子们各自过节，我们也无法确认他们是否真的得到了“解放”，发现不了那些处在阴影下的孩子，以及那些没有收到节日祝福的孩子。我们也很难知晓孩子们究竟有多少、长什么样，在哪里过着什么样的日子。

或许这么说有的孩子会觉得不高兴，但我认为儿童节不该只停留在满足孩子愿望的层面上，而是要去检视我们的孩子是否真的得到了“解放”，是否真的像被真正解放的人一样自由、安全、平等，是否懂得自己拥有哪些权利，并且这些权利如何受到保护。在这一天，孩子们应当可以与大人们一同反思并修正错误。那么，儿童节就要比现在办得更加隆重。

我所设想的儿童节是这样的：

儿童节当天，不管是孩子还是大人，不管是家长还是其他人，每一个人都戴上新芽模样的徽章。大人们可以透过徽章表达对儿童节的庆祝，同时提醒自己要懂得尊重孩子。戴上徽章的大人们在这一天里，要向遇到的孩子郑重地问候一声“你好”，最好还可以给孩子开

门，凡事让孩子优先，等等，给孩子一些特别的善意。只要尝试过就会发现这并不是什么难事。

希望孩子们戴上徽章后，首先能够感受到一种自豪感。然后知道今天自己作为社会的一员备受关注，不管去到哪里都能受到郑重的对待，这样便可以开开心心地出门。孩子们会以孩子的身份相待，通过徽章认出彼此——不管是女孩、男孩，还是身体残障的孩子、不同肤色的孩子、个儿高的孩子、个儿矮的孩子……大家都可以通过徽章认识彼此。孩子甚至可以借此明白，大家都是市民中的一员，需要相互尊重、相互合作，哪怕对此只有一些粗浅的认识也好。徽章可以由政府来制作，并分派到各个公共场所，还可以在学校里派发。徽章要做得大一些，让孩子和老人都能一眼看得清楚。

那么，孩子们要去哪里见到彼此呢？我想，首先，地方政府应该为孩子们举办丰富多样的演出活动。就像选举划分选区一样，划分出不同的区域，选定演出场地，每个区域要举办两场以上演出，通过邮政快递告知区域内的每个孩子演出内容，让他们自由选择。话剧、音乐剧、音乐会都可以。演员可以邀请，也可以由当地的大人们担任。不过，演出结束后可是要接受孩子们的评分的！最优秀的节目可以参加全国公演！演出的场地应该定在孩子们步行可达的地方，这样他们自己就可以结伴来回。

这种活动举办多了以后，大家就会意识到，每个地区都需要一个“儿童会馆”。虽然图书馆里的大礼堂或者学校里的空间也可以利用起来，但我觉得还是需要一些“儿童专属空间”。图书馆虽好，但并不是所有的儿童活动都与书有关；学校虽然作为公共设施有其优势，但不能把所有儿童活动都局限在教育的框架内。有什么理由不让孩子拥有图书馆和学校以外的专属空间呢?

如果不得不在学校礼堂里举办演出，那就尽量选择孩子就读学校以外的学校。这样不仅可以更加客观地审视“学校”这一空间，还能够间接地创造一些认识其他孩子的机会。大人们应当提供帮助，让当地所有孩子都有机会去看演出；即使监护人不感兴趣或不知情，公务员和社区各级工作人员也应当确保孩子有机会参加。关爱孩子并不只是老师的责任。应当让整个社区行动起来，去探访孩子、了解孩子、关心孩子。

最好让所有电视台在儿童节这天全天播放面向孩子的节目。这并不是说只能播放动画片，现有的节目也可以基于孩子的特点，对当天播放的内容做出调整：如果是电视剧，就根据孩子喜闻乐见的内容来策划当天播放的那集；如果是综艺节目，可以邀请孩子参加或者制作相关内容。新闻也可以考虑从孩子的视角来编排。例如，用更平易的语言报道，迫不得已需要使用晦涩难懂的时事术语时，可以征得小观众的谅解。揭露大人们的不当行径时也一样，可以告诉小观众：

“在播放下一则新闻前，首先要向电视机前的观众小朋友们说一声抱歉。”

“相关问题，我们将进行后续采访，向各位报道事情的解决过程。”

当然，报道的内容还是得围绕儿童展开，用一种孩子能够理解并产生主见的方式。

“韩国中央防疫对策本部”推出的新冠疫情新闻发布会儿童特辑就很有参考意义。节目中的专家们对孩子态度郑重，堪称典范。更重要的是，这个节目向我们证明，不用穿着人偶服装，也能做好儿童节目。更不用说节目中使用最高级别的敬语来与孩子们交流。很多观众看了这一期的新闻发布会，纷纷表达了自己的想法和感悟，说面向孩子的这期节目，让很多大人也理解得更清楚了。还有人说，自己被节目中孩子提出的问题惊艳到了。以至于那段时间我的推特[1]时间线都被各种有关孩子的内容占满了。一个节目把孩子当作社会的一分子来看待，也会让观众心中产生相应的意识。我当然希望儿

1　国外一款社交软件。——编者注

童新闻或儿童时事节目能多一些，只是暂时难以实现。但我想，至少在儿童节这一天，能够把孩子们当作观众，给他们应得的待遇。

对于电视，我还有一个特别的希望——能在儿童节这一天播放最新的少儿电影。这么一来，那些无法跟大人们一起去好玩、好看的地方的孩子，还有出于各种原因无法看到最新电影的孩子，至少在这一天，能够在电视里看到最新的少儿电影。在重要节庆期间，电视上都会推出节日电影特辑，一连几天给大人们播放新电影。那么在儿童节的时候，给孩子们播放一天的电影，又有什么困难的呢？如今的儿童节，昼夜播放的都是以孩子为主角的老旧影片，真是让我气不打一处来。这样的策划本身就是偷懒的表现，还被大人们当作自吹自擂的资本，借着儿童节冠冕堂皇地说一些童心云云的大话。每次想到这里，我都觉得无比气愤。

我还希望从国家层面，将每年3月15日至3月31日定为“儿童设施安全专项检查周”，对每一个儿童游乐设施进行细致检查。现在地方政府也会进行检查，但水平参差不齐。因此必须从中央政府的层面，把它当作一个年度项目来执行才可以。一旦发现问题，就得在4月内完成修缮，必要时需要进行彻底翻新，以便在儿童节这一天正常投入使用。此外，还要修建一些方便残障孩童和普通孩子一起玩耍的设施。以儿童节为契机，由政府对全国的游乐场地进行调查，查缺补漏，新增和维修配套的饮水处和洗手间，最后在儿童节这一天接受全国民众的验收。

还有一个事项需要全体民众的共同监督，就是儿童权利教育。我希望每年儿童节前夕，政府能向每个家庭派发联合国《儿童权利公约》，不管家里有没有小孩。有孩子的家庭可以由大人和孩子一起朗读公约条文，其他的家庭也可以仔细阅读。例如，公约要求：

“……儿童有权对影响儿童的一切事项自由发表意见，对儿童的意见应……给予应有的重视。”（第12条）[1]

借着今天这篇文章，有句话我一定要说。综合设想了儿童节里的各种可能之后，我迫切地希望人们不要再说“小朋友们，今天跟家人一起度过一个欢乐的儿童节吧”这样的话。因为并不是所有孩子都能够跟家人一起过节，也不是只要跟家人一起过节就一定是幸福的，更不是只要孩子愿意就一定能“与家人欢度一天”。我知道这句话是出于善意的祝福，但它会在无形中带给某些孩子伤害。大人们这么说的时候，太过轻率了。我觉得

1 原书为우리가 가진 권리：유엔아동권리협약 해설자료，유니세프한국위원회，2020。

这样的话更合适：

“小朋友们，祝你们儿童节快乐！”

“小朋友们，遇到困难的时候可以联系 ×××。”

“请各位国民今天亲切地对待小朋友们。”

“请大人们留意照顾周围的小朋友们。”

“让我们一起保护孩子们！”

而“肩负着国家的未来”这类话，我想还是少说为妙。孩子们活着不是为了国家的未来，而是为了当下。国家的未来暂且不说，大人们要先肩负好国家的今日才是。

庆祝儿童节不能局限在家庭的范围里，更要在家庭外展开。让儿童节成为所有孩子的一个特别的节日；让孩子在这一天，去牵住其他孩子的手，而不是父母的手。或许比起“儿童节”，“儿童们的节日”要更贴切，虽然它不及“儿童节”简洁顺口，但含义更为深刻。5月是一个郁郁葱葱的时节，孩子们像树苗一样茁壮成长。请让他们在我们的呵护下，长成茂密的森林吧。

本节参考书目

- 《色同会儿童运动史》，郑仁燮著，学园社，1975（색동회 어린이 운동사，정인섭，학원사，1975）。暂无简体中文版。
- 《我们拥有的权利：联合国儿童权利公约说明材料》，联合国儿童基金会韩国委员会，2020（우리가 가진 권리：유엔아동권리협약 해설자료，유니세프한국위원회，2020）。

领路人

阅读教室里有一本笔记，名叫《谁在读什么书》，详细地记录着书名和借书者的名字。我告诉他们签名时可以签正体字，也可以签艺术字，结果没有一个孩子签正体字。每一个新来的孩子都绞尽脑汁去设计自己的签名，好像在决定一件人生大事；可在下一周来时又忘得一干二净，于是重新设计。最后，大部分孩子每次来时都用不同的签名，以至于笔记本变得像涂鸦本。孩子们有时还会写下一些像暗号一样的句子，画上一些心形、笑脸之类的简笔画。媛媛也一样，常常会画一些好笑的图画，还会用一些表情符号般的图案作为签名。

所以，我看到媛媛在自己笔记本上画的画时吓了一跳。一位女性的上半身像占满了一整页：长脸、尖下巴、双唇紧闭（没有笑容），头微微倾向一侧，头发随意地扎在一起，只露出一边耳朵，戴着长长的耳环；脖子上的项链长长的，末端吊着一个小小的挂坠，跟耳环很配；身上穿着一件V领毛衣，看起来很现代。最引人注目的，是眼角上挑的两只大眼睛，也是这幅画中唯一被夸张的部分；眼睛下面还点了一颗小小的痣。我到后来才明白，这幅画像为何有一种似曾相识的感觉，因为她与意大利画家阿梅迪奥·莫迪利亚尼创作的珍妮·赫布特尼的肖像画中的人物有些相似。我出神地盯着画像看了好久，小心翼翼地问媛媛：

“这幅画像是你自己想出来的，还是在哪里看到过然后跟着画的？”

“有一次比较无聊的时候，我自己想出来的……”

“怎么能画得这么好呢？之前怎么没跟老师说过你会画画呀？这么棒的事情，怎么能对老师保密呢？太过分啦！”

听到我的“质问”，媛媛笑了，有些含糊地说道：

“呃……画得不好。比我画得好的人可多了。而且这个……我觉得……眼睛不太协调。”

仔细看看，确实眼睛的大小和形状都有些失衡。于是我告诉媛媛，虽然可能她觉得这是缺点，但在我看来，这双眼睛让这幅画产生了一种独特的氛围感。

“我以前画得好像还挺好的。当时也不需要特地想要画什么，随手一画都还不错。但是，现在可能想得多了，反而画不好了。”

我说，那是因为你处在进步的过程中，慢慢就会熟能生巧，越画越好。我还告诉她：

“一边思考一边画比不假思索地随手画更难，所以你觉得好像画不好了。但是你想啊，哪一种方法画出来的画更好？所以说，这种时候，困难反而是一件好事。”

说着说着，我的心情也变得有些微妙，感觉这些都是说给小时候的自己听的。

小时候看到隔壁班同学的作文被刊登在了校报上，那种心情我到现在都记得很清楚。作文的题目应该是叫《后悔》。同学说，自己一直缠着爸妈买一个当时很流行的书包，买回来后才发现背起来肩膀很痛，没少遭罪。不仅写的内容深得我共鸣，同学对于那个背包的描写（当时我也特别想要那个背包），以及对人物语气的刻画也非常生动，真的很棒。对于当时幼小的我来说，这是可望而不可即的水平，让我很是受挫。当时的我也投了稿，却落选了，而且同样的题目，我却完全不记得自己写了些什么。大概是我觉得“想要被夸文章写得好，至少要写出那样的水平才行”，最后因为太过绝望而选择性失忆了吧。

如果当时有人鼓励我说“写作也像游泳一样需要勤加练习才行”“没人认可也没关系，文章可以为自己而写，自己的想法就留给自己看”“累了的话就先休息一会儿再继续写，今天写完了明天再看也可以”……事情会不会变得不一样呢？在写作之外，对于我人生的其他领域，这是不是也会或多或少产生一些影响呢？但除非回到过去，否则我们无法知晓自己的人生会不会因此有所不同。所以，我会把这些话说给孩子们听。这样我们无须时间旅行，就能让这些语言发挥它们的力量。还有一个好处，这些话最后也会被我们自己听到，从而改变我们的生活。

我们的童年更多的是被大人，而不是我们自己塑造的。那段时光会对我们的人生影响深远，却无法修改、捏造，更无法轻易忘却。有些事情要等我们长大成人了很久以后，才能理解它的意义。这个时差会让回忆更深切，也会让创伤更致命。在工作过程中，我常常因为意识到人与人的成长环境竟然可以如此不同，而有些嫉妒。我最羡慕的，是那些“在爱里长大，什么也不缺”的人。我虽然不知道什么是理想的童年，但我知道我的童年缺了些什么。每次想到这里，我都会因为自己的人生太早被定型而觉得气馁。

让我从这种想法中走出来的，是一个孩子。孩子的妈妈告诉我，孩子换鞋、取餐时经常被老师和周围的小朋友说他动作磨蹭，很是难过。所以，我后来对待大人和小孩，都常常告诉他们“慢慢来”。因为仔细回想起来，我小时候也经常被催促。如果有人告诉我可以慢慢来的话，或许我就不用那么焦虑了。那么这种体贴的观念是从何而来的呢？

其实，“慢慢来”是我认识的一个前辈常说的话。她就是那种典型的“从小就什么都不缺”的人。下班遇到下雨，前辈总会开车把我们这些晚辈送到地铁站，不管是上车还是下车，都会贴心地告诉我们“慢慢来”。我特别喜欢这句话，这让我每次蹭车时不会感到抱歉，而是满怀感激。另外，我猜她成长过程中也是常常听到这句话，才成了这么善良的一个人吧。当我也开始安慰别人“慢慢来”的时候，我才意识到，自己也曾得到过这种安慰。因此，我们似乎也不需要把自己束缚在人生初期被塑造的框架里。

现在的我，会把告诉孩子的话对自己说，也会避免对孩子说出我不会对自己说的话。因为我觉得只有努力坚守住这个原则，才能让自己的话语多少拥有一些力量。当工作结果不尽如人意时，我会安慰自己没关系，在这个过程中已经收获了很多；在取得成就时，会尽情地为自己庆祝和加油打气。我还会努力区分反省和自责，试着避免与他人比较。我好像更懂得照顾自己了，而这些都多亏了孩子们。

以前听到有人说“孩子是成人的领路人”时，我还觉得难以苟同。把孩子物化还不够，现在还要把他们神化吗？大人应该想着怎么教好孩子，当好孩子的领路人，怎么能够把领路的责任抛给孩子呢？再说，孩子怎么知道路怎么走呢？孩子难道还能有什么超能力不成？不过，在我开始思考该对孩子说什么、不该说什么，并以此来审视自己以后，我也解除了对“领路人”的误会。说孩子是领路人，并不是说让孩子告诉我们路该怎么走，而是我们在思考拿什么、如何教育孩子的过程中，自然而然找到前进的道路。从这个角度来说，教育和抚养孩子，是我们所有人的责任。家庭和学校只是教育的起点，而责任需要整个社会来承担。就算我们不情愿，这份责任还是会回到社会。

当我们的年青一代——包括儿童和青少年——犯错的时候，四面八方都会传来一些感慨，说什么这是“教育的失败”“育人的失败”之类的。这样的评价并不完全是错的，甚至连我也说过类似的话。但我们也该反思，在我们这么说时，是否隐藏着逃避责任的心态？是不是我们因为忽略了自己也是社会的一员，而觉得自己毫无过错，觉得那些该反省和改过的，是孩子的家庭和学校？然而，孩子们并不是在社会之外长大后才回归社会的。这是不对的，也是不现实的。孩子们从出生的那一刻起就生活于这个社会之中。他们依照着在家庭中观察到的、在学校里学习到的东西，去观察世界，在世界里学习。

社会问题会如实地映照在学校和家庭中。线上开学之后，我们清楚地看到，学校不再是建筑和课程的简单加成了。学校本身就是一个由各种职业的劳动者和学生、学生与学生之间的关系交织而成的社会。家庭也无法与社会隔绝。因为我们切身地感受到，脱离了社会的关照，把孩子的一切都托付给家庭的话，可能会引发非常惨痛的家暴事件。我们要谈教育，就不能脱离社会。

在我看来，指责教育的失败，就意味着承认了世界的失败。而我并不想这么做。因为我不愿意成为一个冷漠的嘲讽者。当我们听到令人绝望的消息时，身心的天平免不了向着“放弃”的一侧倾斜；当我们在愤怒和无力中摇摆时，自然想要放弃这个国家。但是，我们今天抛弃的责任，最终会落到孩子们的肩膀上。而我想要通过细细筛选，多留给孩子们一些微不足道却美好的东西，这就是我的工作。那样，孩子们在成长的过程中，或许就能摆脱那些过往经历对他们的错误塑造。

我会这样高谈阔论，也都是因为孩子。没有人会在孩子画画画得不好时对孩子说："算了，揉成一团直接扔掉得了。"而是会帮助孩子观察能否修改；如果不行的话，就提供一张新的画纸，鼓励孩子下一次画得更好。我们对自己也应该这样。而孩子呢？在我还没有拿出新画纸，说出那些华丽的大道理之前，他们就已经把画纸翻过来，重新开始画了。冷嘲热讽根本无空可钻。

推荐语

这本书告诉我们，孩子们是多么诚挚地对待着大人。在大人们嚷嚷着“忙”“累”，什么事情“重要”的时候，是孩子们拼尽全力去谅解和等待大人，他们才是最温柔的人。而金昭荣的文字就像孩子一样温暖，抚慰我们在追忆美好过往时不慎受伤的心灵一角。然而，她的文字又有一种毫不妥协的严厉，每个故事都不禁让我们追问“大人们又是如何对待孩子的”。正因如此，她的文字美好又充满力量。直到读完这本书，我才如此清楚地认识到大人们的无礼。

更让我震撼的是，孩子的世界竟如此庄重、体贴而又明智。思考孩子如何对待我们，其实也是在反思，我们小时候多么爱自己，又多么信赖这个世界。所有人都应当读一读这本书，因为它能够让我们重新拾起那份情感。没有人与孩子无关。“孩子的世界”也是被我们所遗忘，却曾经如此审慎又勇敢的“我们的世界”。

金智恩（音）—— 儿童文学评论家

*

金昭荣的文字就像是一块有魔法的棱镜，透过它，我们才得以看清和理解孩子存在于这个世界上的本貌。孩子是如此复杂而又奇妙的存在，以至于我们，特别是作为大人，要接纳他们的全部成为一件极为困难的事情。因此，金昭荣那极为细腻而又敏锐的观察力，才显得如此非同寻常。

仅仅经历过童年，并不意味着我们就能理解孩子的所思所想。作为感官已经迟钝和退化的成年人，要重新走进孩子的世界，需要付出极大的努力和心血。要从孩子的视角去观察世界，配合孩子的步伐，陪他们一起行走，一同奔跑和呼吸。想要与孩子纤细的内心同频共振，很多时候需要我们放松早已变得僵化的肌肉，让它恢复柔软和弹性。而金昭荣以一种乐在其中，又能让他人愉悦的方式完成了这项艰巨的任务，同时将在这个过程中获得的深刻反思，用简洁平易的语言传递到我们心里，让我们读得津津有味，同时深受感动。

透过“金昭荣”这块棱镜去观察世界，我们得以明白，我们全心全意地对待孩子，就是在将我们深藏已久、柔弱又细腻的内心重新翻找出来，细细地去端详和揣摩；我们投向孩子的视线、态度和感情，最终指向的是我们自身。

尹佳恩（音）——电影导演

图书在版编目（CIP）数据

人类幼崽观察笔记 /(韩) 金昭荣著 ; 林明译 . 北京 : 国文出版社 ,2024. —ISBN 978-7-5125-1658-8

I. 1312.665

中国国家版本馆 CIP 数据核字第 2024RG4548 号

北京市版权局著作权合同登记 图字 01-2024-3748 号

人类幼崽观察笔记

作　　者　〔韩〕金昭荣
译　　者　林　明
责任编辑　于慧晶
责任校对　崔　敏
出版发行　国文出版社
经　　销　全国新华书店
印　　刷　河北鹏润印刷有限公司
开　　本　787 毫米 × 1092 毫米　　32 开
7.5 印张　　126 千字
版　　次　2024 年 9 月第 1 版
2024 年 9 月第 1 次印刷
书　　号　ISBN 978-7-5125-1658-8
定　　价　52.00 元

国文出版社
北京市朝阳区东土城路乙 9 号　　邮编：100013
总编室：(010) 64270995　　传真：(010) 64270995
销售热线：(010) 64271187
传真：(010) 64271187-800
E-mail：icpc@95777.sina.net

人类幼崽小档案

（贴照片处）

姓名：________________

性别：________________

年龄：________________

班级：________________

爱好：________________

★具体场景

★记录时间

____

★我的感受

____

____

____

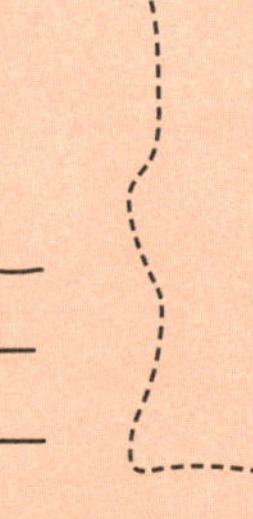

今天最开心的事情是什么？
今天最不开心的事情是什么？

人类幼崽大采访

★具体场景

★记录时间

★我的感受

如果你有100元，你打算怎么用？

如果小狗（小猫）会说话，你觉得它会说什么？

★具体场景

★记录时间

★我的感受

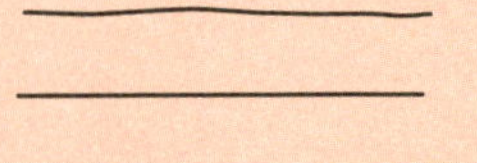

你最害怕什么？
你最喜欢什么？

★具体场景

★记录时间

★我的感受

如果你能变成一种动物，
你想变成什么，为什么？

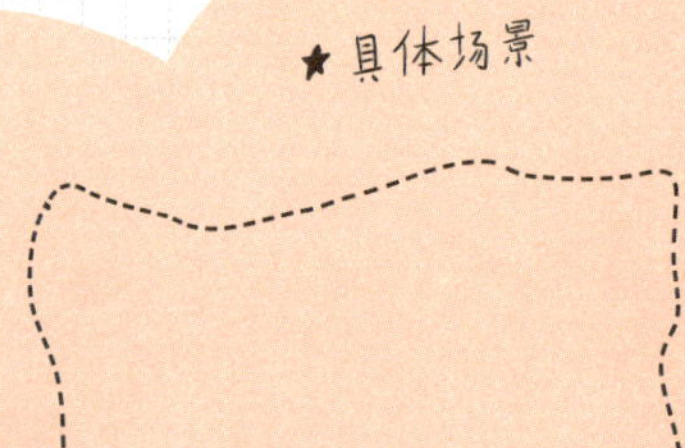

★记录时间

____

★我的感受

____

____

____

你觉得什么时候
最喜欢爸爸妈妈?

你觉得什么时候最讨厌爸爸妈妈?

童言童语

★具体场景

★记录时间

____

★我的感受

____

____

____

有没有什么
没做过但想要尝试的事情？

人类幼崽大采访

★具体场景

★记录时间

____

★我的感受

____

____

____

你最喜欢哪本书，为什么？
你最不喜欢哪本书，为什么？

★具体场景

★记录时间

★我的感受